灰鸟在消失尽头

梅钰 著

山西出版传媒集团

北岳文艺出版社
·太原

图书在版编目(CIP)数据

灰鸟消失在尽头 / 梅钰著. -- 太原：北岳文艺出版社，2025.1. -- ISBN 978-7-5378-6985-0

Ⅰ.I247.7

中国国家版本馆CIP数据核字第2024U9W129号

灰鸟消失在尽头

HUINIAO XIAOSHI ZAI JINTOU

梅钰 / 著

出 品 人 郭文礼	出版发行：山西出版传媒集团·北岳文艺出版社 地址：山西省太原市并州南路57号 邮编：030012 电话：0351-5628696（发行部）　0351-5628688（总编室）
选题策划 高海霞	传真：0351-5628680 印刷装订：山西万佳印业有限公司
责任编辑 高海霞	开本：890 mm × 1240 mm　1/32 字数：167千 印张：8
书籍设计 张永文	版次：2025年1月第1版 印次：2025年1月山西第1次印刷 书号：ISBN 978-7-5378-6985-0
印装监制 郭　勇	定价：58.00元

本书版权为本社独家所有，未经本社同意不得转载、摘编或复制

目 录

001　植物密语
063　灰鸟消失在尽头
087　云端上的秘密花园
104　我们曾被撕裂
127　有凤来仪
186　放大一万倍
201　看不见的地方
224　无有以名

植物密语

入得山来，心境全不同。云在头顶欢腾，突然一骨碌，跌入山坳，再显形，铁柱样坚硬，直挺挺朝天杵去。人一时恍惚，好似变了游丝，缠了它嬉闹，东拉一块，西扯一块，披挂一身也便幻化为云，倏忽东来倏忽西，倏忽高来倏忽低，被风卷着起起伏伏，深深浅浅，看到山连山，脉连脉，近在眼底，植物、动物、土壤、空气，和留在地面的自己，努力前进却原地踏步，一二一，二二一，转眼一生。动静需要对应，人看云在飘，云看人在飘，偶尔交会，人变成了云，云变成了人，自在随心，无所谓动静。人心念一闪，想到半生围困，如瞎驴蒙眼，磨盘内一点核心，顿觉束缚，铁丝横三匝竖三匝，挣扎不能。

早上以前，四人未曾见面。他们来自同一个网络社群：空空空。主人懒散，好久抛一条信息，看一眼心淡一年，对世间没欲念。这日男一发图三张，征集令一份：五天。西山。费用AA。装备自用。弃绝电子产品。风险自担保证。信息挂了一月，三人响应，通过远程核定细节，议定成行。

四个人，两男两女，男一男二，甲女乙女，远离尘嚣，来寻幽静。车子停在西山公园，沿山路攀行，路越来越窄，先还有两尺宽，留几只凌乱脚印，想象上一次经过之人，骄阳炙热，背包沉重，汗自额角沁出，一路朝下汇流，自脚心渗入地面。倘俯下身闻，味道复杂，有盐有甜有酸有臭，如同人间滋味。渐路窄，仅容一脚复踏，左脚重左脚，右步叠右步，印痕固定，凝成通天的桥。终至路尽，只见一面绿色围墙，青草三尺高，风刮过轻轻柔柔摇，不忍向前，汁液染在鞋底，留不灭印痕，犯暴殄天物的罪，遂退避三舍，来到一处平台安营扎寨。帐篷带钉，入地沉闷，弹起几缕微尘，黑虫一样飞开，翅子被光染亮、拽薄，粉碎成更小的粒，消散于空。

男一是此行倡导人，一年里有半年露营，老到得像山顶洞人。来前他踩过点，东北脚下行不足百米有泉眼，五升空桶已流满，拎回来。卡炉升火，壶放上去，不一会水温升高，声音响亮，咕噜咕噜，像一张嘴在壶里唱。饭都速成，加热就行。吃完天黑尽，四顶帐篷升起四盏灯，簇出一块空地，人围炉盘坐，呼吸吐纳，连接起天地万物。

山中幽深，有兽有禽，俱有声音，物语如人语，物心如人心，人一时迷瞪，盯住某处等，等了再等，活物只是不来。人便情痴，怀了虔诚之心，朝着山外高天十眼八眼望，虔诚倾注的感情多，它们便能来。奈何山又高又深又阔，一眼一眼只是不来，看久了，人就变了鸟，展开翅子十里八里飞，远远栖上山岭、山峰，又栖去山坡、山顶，一座山飞过，又飞一座山，一脉山飞过，再飞一脉山，山而无涯，飞而不尽。倏忽又变兽，撒开蹄奔深奔远，情深缘浅转一圈，有看见，更有看不见，有想见，却是不得见，待回魂，只恨人眼局限，也便罢了见它的心。

冥想好久好久，表盘上短针不动，稳在八九之间。甲女率先撤回姿态，说两腿跟了我四十三年，从没盘过这么久，血滞在膝盖弯，撑得血管鼓起，多一秒都会爆裂。你们打过水仗吗？小时候游戏，输液管一端打结，另一端灌水，能撑开很大，再大就破洞，滋自己一嘴一脸。这是欲与欲的较量，也是度与度的较量。我不能贪心，十八年的结，不急在一晚上。

男二跟着散开双腿，朝前延伸，顺势伸了个懒腰，将自己摆在垫子上。到这里了我问自己为什么。他说，七天前，我还在争取离家一天，只是一天，什么也不干，在西山公园发呆。现在我有了五天。

没人回话。

月在正空，圆圆黄黄，轮廓不清，一些模糊的白和不规则的灰使月影浑浊。人细细辨识，又看见藏蓝、青灰、绛紫、深红，凹凸起伏如浮雕，怀疑眼中色是心中想。揉揉眼，果然众色幻变，消弭一空，仍是一轮昏黄，一轮灰白，一轮无着无相。

男一说，睡吧。

四人钻进帐篷，四门关定，四体安稳，四脚朝天，四下寂静。

此后秒复秒，分复分，时复时，复了两轮，又至入夜。四人仍是围炉静坐。山间林高树密，绿植繁杂，一层有一层精彩，一寸有一寸铺排，乔木，灌木。针叶，阔叶。裸子，被子。蕨类，藻类。木本，草本。阳性，阴性。宿根，球根。复层群落，生态景观。人心迷茫，概念不清，宁愿将一切模糊，坐在树上，坐在树下，坐在树内，坐在树外，坐在树里，坐在树中，听树说话。树咿咿呀呀，兀自哼吟，各有各的调，各有各的声，一时如起交响，鸟、兽、虫、风、尘齐来合奏，人渐入佳境，静静聆听，身子便软下去，化开来。

乙女说，好似被拽紧往地里扎，多一秒就往深扎一分，恐怕不要三天，我就会生根。

甲女一直发出令人不安的嘶嘶声，闻言停下来。这谁说得准，也许每棵树都对应一个人，每个人都由树变成，或者本来是树变成人，本来是人变成树。她说，来之前我受过大震动，不相信闺蜜一直被谎言欺骗，又一直在编造谎言，她的逃离那么彻底，要从树变成人，硬生生把根拔出来。说起来，这真是个适合讲故事的时刻——

我的闺蜜毛妮，一个驾驶"兰德酷路泽"的女人。

这种出生于二十世纪五十年代第一年的巨大车型，有个更为霸道的名字：陆地巡洋舰。毛妮每次提起都用港台腔，绿—滴—啦，舌头缠在平时去不到的地方，像强力胶黏紧，拨不回正位。迪—奥—啦，爱—V—啦，高—定—啦，限—量—啦，两字词汇背后巨大的信息量，她总不说，只将尾音长长延伸，勾着想象腾挪移转，一旦我认真，放它冲破某种界限，她就面带不悦，斥责我带了是非心分别意，反复强调，世上万物本来相同，不过将合适之物运用于合适之时，何必较真，其时她白皙脸面必浮一层弱红，以语言之屏障掩饰千变万化之情绪激荡。每到这时，我都会看见她一点一点浸入水中，江河湖海，浴盆鱼缸，长发飘浮如水草，一张脸若隐若现，充满欲望和危险，又挣扎又顺从，又美丽又诡异。

二十年转瞬即逝，时光牵着情节一道滑向过往，细节却总凸出来，有意无意闪现。初见就被她惊艳，冬日沉闷，一屋人非黑即蓝沉闷，毛妮推门进来，染黄的大卷发飘在胸前，唇上闪着亮红，白色大衣长至脚踝，衣摆被她腿脚带动，沉沉抬起，又沉沉落下，开合像门扇，一截光腿若隐若现，性感拿捏，勾着一屋人眼往深处探。她显然习惯于此，将笑容调整得更加真诚亲切，露八颗牙，专业礼仪培训。那时何曾想到，下一秒就是未来，无数可能中，最热切不过变成毛妮。心痒痒的，被物念牵紧。当时"淘宝"刚成立，信息茧房还未产生，不然"毛妮同款"会是热搜，被她牵出欲望的女人会趴在上面，夜以继日，日以继夜，试图通过模仿获取同样人生。

像一场电影开场，光影打窗户斜射进来，好巧不巧落在她身上，半边金黄半边暗黑，半边光明半边阴冷，半边燃烧半边灰烬，影片开头决定故事的走向和整体基调，她一早就落进命运强大的隐寓。对此，小城人解读立场不同，但有一点相似，"从此，他们过上幸福的生活"以前，公主和王子的所有路径被截断，像影片在"无数"中只展现"唯一"。

毛妮掀开被角，放风钻进来被窝游走，抚摸彻底，比人大胆。当时乡镇初中还存在，毛妮举红绸列队，嘴上喊着，欢迎，欢迎，热烈欢迎。看着支教老师走近，又走远。毛妮被"北京"勾了魂，《新闻联播》和天安门城楼以外，更重要的原因是这四个人。英语、美术、音乐、体育，四种之一种，正像四人之一人，合着毛妮的心。万辉老师举起毛妮的画，就要这样勾，这样描，这样涂。你们要向毛妮学习。毛妮有天赋。毛妮一定能变成大画家。毛妮被油画棒染成大花猫，笑成一朵花，绞着手萌动春心。初恋就此发生，自我之间，他人未知之境。两年后，万辉和另外三个人坐在最中间，被师生围簇成一张彩色照片，接着被县教育局的人接走。"桑塔纳"右屁股冒出的黑烟，成为毛妮梦魇，她感觉自己在燃烧，外火橘红，内光深蓝，一窜一窜，埋没理想。从此她怀里揣了火种，夜夜失眠，滚来滚去睡不着，只能以泪救命。颓丧中结束中考，毛妮返乡，"嘉陵75"摩托车颠簸，土路烟尘不分，路两旁田地全是熟人，探问更像肯定，考不上，只能回乡种地，找个婆家嫁人。毛妮就此照见余生，看见自己站在那里，青春，或沧桑；美丽，或丑陋，再无差别，被黄土地和西北风同等对待。悲哀袭来，一个念头油然而生：坐拖拉机到镇，坐大卡车到县，坐公共汽车到市，再被绿皮火车一路拉到京。万辉老师写信给全班学生，信封上有地址，她可以一步一步问。毛妮把用剩的油画棒和一个摘抄本放进书包，少女心思全在上面。风中有朵雨做的云，一朵雨做的云，云的心里全都是你，滴滴全都是你。我的爱如潮水，爱如潮水将我向你推，紧紧跟随，爱如潮水它将你我包围。踮起脚尖走出窑门，就能逃脱牢笼，天高鸟飞，海阔鱼跃。

我不知道这些片段是真实发生，还是毛妮后来想当然添定。当遭遇不如意，人会不自觉回到过去，回到人生可能的分岔点，为自己臆想另一种人生，另一些可能，但人生就是这样，有千千万万种"可能"，却只有一种"已发生"。毛妮如果离开，那是另外一个故事。但更有可能，所有故事都是同一个故事，同一个人在不同的境遇，换不一样的肉身。所以这个情节可以替换，万辉、千辉、百辉，毛妮、棉妮、铁妮，绘画、唱歌、"摸鱼"，北京、南京、东京，都成立。

毛妮把这些画面隐藏很深，但隐藏属于放大镜，越压制越有挣脱牢笼的功用。二十四年后她告诉我，逃脱故事没能上演，替代脚本很快到来。老同学亲上加亲，王子的父亲问，行吗？订婚、结婚、生子、上班，一套动作行云流水，毛妮变身成功。她徜徉于物质世界，甄别、挑选，样样讲究，高配高定，牌子一定要大，品位一定要高，力所能及，一定要追求最贵最好。当她走过，贵气自行统摄，吸引小城人关注，如同衙役打了"十一棒锣"，闲杂人等齐闪开，只余她一人高傲通行。她无意锻造自己的目中无人，然而人眼里飘过总带着不同，似乎她是女娲特意造成的那一个，非但容貌艳丽，连人生都好得让人频生窃意。

按照小城人的价值理论，毛妮浮于众人之上，活成一把标尺，一种衡量。她理当珍惜，小心翼翼，诚惶诚恐，以维护一生的优雅、富足。享人之未享，得人之不得，见人之不能见的前提，当然包含容人之不容，忍人之不忍，受人之不受。毛妮不肯，更不甘心泯然于众人，变成"众人"中的一人。

这是故事的主题之一，相当于轴心，如果换一个，毛妮就不会和今天我们正谈着的主题有任何关联。

那天毛妮勾起小指头，走。指头被赋予魔力，径自穿越时间和空间，在我心弦上不停弹拨，欲望被召唤。当我被高速列车以时速二百三十公里的速度从晋南载往晋北，毛妮沿同一方向在高速路上疾驰。"兰德酷路泽"外形硬朗，气韵刚正，骨骼清冷，内里却相反，她以毛绒、蕾丝、棉麻、套、垫、盒、可乐熊、迪士尼、史努比，和各种浅浅淡淡的蓝粉绿紫，让驾驶舱温柔多情。当她把左胳膊架在车门上，右手轻搭方向盘，右脚踩油门，左腿盘起来，左脚藏进右腿下，以惯用的姿势驾驶时，漫不经心，好似开车的另有其人，她不过奉命表演一个格调，一股架势，一种风范。绿—滴—啦。油门踩紧,"兰德酷路泽"保持时速一百五十公里驰行,早于一个小时开始行驶的时间差,铁路线和高速线时有平行,理论上,我们至少曾有一次擦身,别除路面差,夹在两线之间的田野、树木、池塘,我们必然有过一次重叠,二合为一,形象模糊,只有"人"被欲望牵紧时的仓皇不停复沓。

当时,我以为这只是个关于欲望的戏码。人总是欲望着欲望,食欲、性欲、求知欲、占有欲、好胜欲、表现欲。欲望是决断力,能引人走到不同方向。遁入空门和沉溺红尘,只是界不同,其实一样,没有高低贵贱之分,存在即合理。我们要尊重欲望,理解欲望,直面欲望,拆解欲望,转化欲望,最终和欲望达成和解。毛妮管欲望叫"公猫效应"。十公里内有母猫,公猫才会发情,如果没有,公猫永远都不会发情。我们互为对方的公猫,互为对方的母猫。一根小指头,一个眼神,一字词汇,一个图标,一股若有若无的气息。

等我抵达,太阳还在高空,大片流云如织锦,华丽之状令人心动,我仰头看,将下巴往高抬,再往高抬,萌生一个贪念——让云落上脸面。照它此刻样态,当是绵软软、丝滑滑,洇开在脸上,恰似微醺后、羞涩时,浅浅一点红,莫名心动。或跌进嘴里,酸甜苦辣咸,随情随境变动。最好不过揉在手心,随我意愿忽大忽小造型。我看见毛妮奔跑在浪漫田野里,草地不停旋转,天蓝云白是最美滤镜,她绽开笑脸。青绿浅黄中,她一点点虚化，化身为云，为风，为气，为光，为电，为一切神奇之物，强大之力，诱引我向往。不知从哪个节点开始，我开始旋转，以皮箱为轮转椅，借双脚之力。站前广场空阔，原本清晰的场景渐次失焦，漫漶不清，我在眩晕中将它置换，好似也在乡野，在林间，先还听见机语嗡嗡，人语嗡嗡，很快混沌难以辨清，失明失聪，耳目一齐闭合，空茫茫一片干净。

突然一阵DJ重金属音乐将我惊醒，我慢慢稳住。眼前排开一队人马，四横五纵，五纵四横，身体听从唯一号令，被同一股力量牵紧，左右，上下，挺直，弯曲，齐齐漾开的笑意像诱引，更像拒绝，不允许异物加入，将其"唯一性"指代的欢喜、娱乐、健康、休闲意味破坏。我又看了一眼时间，鉴于"闺蜜毛妮"这一特殊物种，我在会面前就将心理建设做好了，没想到会延宕这么长时间。我将双肩包摘下，挂在皮箱扶手上，开始手舞足蹈，形态奇异如同一种抵抗。我没能成功，十五分钟后，当毛妮冲进人群将我揪出来，我听见那些固定团员不约而同长吁了一口气，像咳出一口浓痰，揪出两只硕鼠，他们动作越发整齐，腿脚抬离地面的高度，胳膊弯曲的角度，都像拿标尺度量好。一二三四，二二三四。他们不知道现代舞之母邓肯，她教导人类自然即美，舞蹈要打破边界、规则、制度、范围，让音符直接和骨骼肌肉发生作用。

天地一体，万物共舞，一轮早早浮上东天的上弦月也动了性情,泛起微黄。我看见毛妮蠢蠢欲动,很像十六岁那个夜晚,偷偷背起书包,拉开窑门走出去。明月当空,夏蝉嘶鸣,草丛里声线细微,都像诱引,一条狭窄小路在视线尽头延伸,她小碎步狂跑几下,被月影摇到恍惚,忽然听见身后丝丝响,停脚回身,被黄狗缠住。一个可能的故事被改写,过程漫长,却也简便,好似一梦醒来。

我才知道,毛妮下了决心,要把根拔出来,活人。

这是情节推动的原因。艺术来源于生活,但再高明的艺术也是对生活的限定。蒙娜丽莎放大的笑容背后,达·芬奇遮蔽了更多,毛妮嫁给王子后,也有截然不同的戏码渐次发生。过程漫长,情绪作为衍生物,不宜明处宣示,只能藏在隐秘角落,不为"我们"洞悉。但眼睛作为特写物,容易泄露秘密。

某夜王子醉酒,一个名字携带情欲滚滚而出,像毛衣裤精心藏起的线头,一旦发现扯开,经不起任何推敲。毛妮轻易拿到证据,聊天记录、双人合照、开房凭证,都很陌生,若非刻意,无法辨识这是枕边人。她推一把,捶一拳,肉身阻挡,各种软绵绵,直到一身力气使尽,王子仍在梦中缠绵,情话暖话甜蜜话,有她从未识见的温软。一百分只给过她一分,隔阂这样深,温室原来是寒洞。毛妮瘫在床上,越来越冷。

那年大雪皑皑,初一下到十八,来不及化,一层摞起一层,路变成山。毛妮一脚深一脚浅爬进宾馆,门口抖落一身雪，地垫蹭掉鞋底脏污，报出1130房号登记住下。圆床无辜清白，粉红床单被罩枕巾不留什么痕迹，墙上挂一幅安格尔的油画《泉》，年轻女人的胸脯让想象丰满，人物、造型、色彩、背景。夜如加湿器，一滴泪牵出被放大，无尽弥散。毛妮坐在离床很远的地方，看着它水里荡漾，渐起涟漪，沧海风生起，巫山云雨来。一动一静，一呼一应，全是伤情。昼夜溜得飞快，一晃就是三天，毛妮没有上床，坐在离它很远的地方。她听见一种遥远呢喃，来自十三年前，一切都来得及的地方。万辉老师站得笔挺，全身镀金光。他在黑板上画一些凌乱的图形、线条、斑点、色块，让学生猜他会画什么。没人猜得对。农村、田野。城市、高楼。美国、加拿大。世界那么大，你们的人生才刚刚开始，一切都有可能。见证奇迹的时刻，是梦想产生，转折产生，爱产生的时刻。

　　毛妮回家后，拨打电话，叫王子的嫡系亲属速来。那夜大雪纷飞，血缘亲人心存疑虑，惊惧于想象。王子被父亲一脚踹醒，什么时候了，你还在睡觉。他争辩说这都是过去时，神情平淡，一眼一眼递过来，隐含对她的责备。过去了就当没存在吗，时间不能蒙蔽的，却要眼睛和良心一并替你遮掩吗？毛妮问，捕捉到他眼里的嫌恶。他躲避，抗拒不提，希望忘记，她偏要他记起，时间、地点、体式、感受。不，错误就是错误，善花结不出恶果。我不爱你，拿什么恨你；我不恨你，拿什么谅解你。毛妮骗不了自己，铜墙铁壁被白蚁蛀空，基石动摇，再也回不到往常。

王子及其家人拿出更多物质补偿，滋养得我们越发无知，仰望毛妮如星空，富足、优越、名望、地位、恩爱、宠溺、团圆、美满，目光越纯粹，越令毛妮难堪，好似一出戏，众人合力瞒着自己，而她足够清醒，忍着疼表演无痕。她只能分裂，越想相信，越不由自己，展开翅膀想象，在一切可信中发现不可信，在"唯一"中洞悉"千万种"。

毛妮说，以为能抓住的都抓不住，以为拥有的都在失去，以为永恒的早已分崩离析。我不再相信，被报复裹挟，也受不安刺激，漏洞越来越大，那么冷清，就横在心门上。我越痴迷于维持表象，越容易被表象打败，像满足欲望的同时已经摧毁了欲望。人一旦丧失欲望，就失去活下去的导向，只剩下空虚、疲累、阴暗、荒凉。荒芜中长不出希望，要是不改变，我一定会在无解的痛苦、绝望和内心的寂静中走完一生。

语言是总结陈述，赘言不叙，时间地点人物一概模糊，只有焦点反复，用以营造悲伤冷凄的氛围，穿透时空和小城人一起铸就的坚硬外壳。我不相信她说的，又不得不信。共情力让我愤怒，全身战栗抽搐，绝望于毛妮的精神困境。而毛妮坦然。时间消解疼痛，同时腐蚀灵魂，但肉身强大，足以藏起一切印痕。

毛妮不停探索发现。入海九米，失去重力，像宇航员太空漫步，轻盈前行，珊瑚丛前穿梭，鱼群中嬉戏，摸摸水草、礁石，被丝滑质地惊奇。走一程看一程嬉戏一程，被鱼的姿态吸引，径自摆动下肢，以鳃呼吸，不觉嘴巴松开，送气管掉落胸前，咕嘟嘟冒泡。幸亏教练及时发现，一把提走，海里扯出来。那一刻阳光正烈，海上海下到处粼粼闪光，她生起人鱼的体会，海下失去所有桎梏，自由到极致，站回地面反而窒息到不能呼吸，焦虑得口渴。若不是有人阻拦，她要返身跳回去，沉下海，看着双腿愈合在一起，变成一只宽尾，游弋不停。又一次她去滑翔，和一只大鸟迎面碰上，翅膀蓝黑相间，展开有炫目的光，她跟着飞了两秒，被重力拽着偏离方向，眼睁睁看着大鸟往西飞远。她有一种错觉，能觉知鸟的脉动，一起一伏，极细微，极纤弱，隐隐的，稳稳的，仿似依着她的心脏，隔了皮、骨、肉，隙缝中传来，耳朵里咚咚。先还听得节律，一板一眼，一浮一沉，很快混沌下去，只余一片轻浅的白，又虚又空。

　　将死之际才有活着的欲念，窒息到不能呼吸，才觉察自己对尘世的不舍依恋。毛妮因此一次又一次去挑战，攀岩、蹦极、滑板、跑酷，肉身被各类装备包裹，诱引至异界，只有双目清澈，仍在人间。毛妮像被血泊包裹，挣扎无望，只有一张脸突出，放大，再放大，最终定格。双目圆亮，黑瞳清透，半隐在两帘翘睫之下，盯紧了是诱惑，能引出遐思无限，紧张、惊吓、恐惧、麻木、镇静、空洞。

毛妮说，我被困着，每分每秒都窒息，像被人拿枕头捂住口鼻。黑白、是非、真假都相对，立场不同就发生转换，我只好分割自己，一面把自己的人格、爱和对世界的体悟一层层剥开，一面像什么都没有发生一样安之若素，像演员抽离自己的灵魂，变成一具粗鲁肉体被剧情主宰，像祭司眼睁睁看着自己变成羔羊供他人祭拜。现在我不想做逆来顺受的臣民，我要做自己命运的轮盘，拯救或者毁灭。

　　前几天毛妮给我发了个视频：她黑发顺直，素目低垂，棉麻衣裳布底鞋。黄狗缠在她脚底，花猫窝在墙头看热闹，母鸡踱着宽步，身后一群小鸡仔各自欢腾，颜色微黄，轻柔如同一场幻梦。情绪走到饱满，容不下一个字。只有一首背景音乐轻轻响起，镜头从画布上一朵花摇开去，大片向日葵、郁金香、荞麦花，大片丘陵地貌，和她十六岁时做过的梦一模一样……

夜已深，四盏灯摇出一片光影，在甲女脸上柔柔晃，水波浅浅漾，她将头脸仰起，叹了一句，我很羡慕她，将自己连根拔起，活成人。

　　也可能在另一个地方扎下根，变成另一种树。乙女笑说，故事在故事之外，当你在这里讲述她，也许她早已转变了形态。

　　甲女正欲说话，听见沙沙响，男一说是野鸡。指引大家看，黑洞洞，看不清，眼睛被吸引，盯来盯去，最后都变成虫，狠劲往地底钻。松针腐着厚厚一层，越往下越松软，最终成为土的一部分，厚积，沉淀，与土一起呼吸，地皮便一拱一拱有了起伏，把那些毛茸茸的微生物颠得东倒西歪，口吐香气，也吐秽气，径自发散在山中。山中便有了奇味，一丝丝一缕缕，人鼻中穿行，人脑里游弋。

人一时迷醉，断了闲谈的念，各自去睡，听见波涛声渐近，只当在船上，在河里，在水的肠道中，闭眼随风，起伏任命，浮浮沉沉了一程，才醒悟是在山中，风高声劲，一浪一浪汹涌。人渐次生出想象，创世初，水星和地星撞击，粉身碎骨后，彼此混同，随物赋形，便有了崇山峻岭，低谷盆地，也有了江河湖海，地下暗流，水土混为一体，土中有水，水中有土，相互贯通，相互作用。地腹宽阔，也全赖水土平衡，才得以生生不息，地球是土球，更是水球，山是土山，更是水山。人一觉知，更其敏感，林地深长悠远的呼吸也起了水音，淙淙的，潺潺的，一起一伏，一荡一漾，人浑身通透，如获重生，挺直身躯向四处伸展，将身子拉长拉长再拉长，植物根蔓似的拥抱整座山，又河也似的蜿蜒曲折。一时恍惚，不知在河里，还是在山间，置身水中之土，还是土中之水。人呼一口气，如咕噜噜吞了一壶水，一品有花馨，二品有茶香，三再品味，竟全是天地精华，日月神采，水土滋味。

醒来才知夜半雨来，人掀开门帘探出，雾如固体擦过脸面，凉丝丝入骨，起一层鸡皮，远望，一片灰白，高高低低浮在半空，唯一尺内一些流动，缓缓慢慢，像不情愿被推动，身子出去一尺，脚还扎在原地。万物界限模糊，人和人对面不见，行动不便，便在帐篷内围炉喝茶，将前一夜话题接续上，乙女说——

照你的说法，你故事里的女人本来是树，将根拔起来活成人。而我的主人公，是被树吸引，把自己粉身碎骨的女人。

我不知道该叫她什么。

抵达时，落日高悬，高铁站一角挑着明黄，如长了脚丝丝线线移动，情绪一点点氤氲，渐次浓郁，火山样澎湃，直把一颗心焚烧，灰烬乱飘。我不知去向，东南西北中，每一处尽皆荒凉，被绝望捕获的肉身，逃不脱中午破开的暗洞。我藏了满心的事，他丝毫不觉，仍在絮叨午餐喝得太饱，酒嗝如伴奏连绵不绝，酸腐直扑面目。情感温度不同频，对话失去平衡，无法支撑，我把衣物塞进双肩包，听见呼噜声响，高高低低浮浮沉沉，比抗拒本身更令人灰心。在高铁站我告诉售票员，随便，只要开车时间近。铁轨叮咚，有时轰隆，思绪漫漶不清，我不辨究竟，是在觉醒，还是继续做梦。

人被高铁站口水一样吐出来，带着世俗的欢笑、兴奋、欣喜、激动，也带着世俗的焦虑、忧郁、厌恶、恐惧，只有她不像人，是热带雨林走出来的一株植物，满身湿润润，一团异域特性罩在身周，脱俗得让人心疼。后来她停下来，半倚着电线杆抽烟，左腿搭过右腿，远远伸出去，让人立刻想到《花样年华》，只是她没穿旗袍，也不像张曼玉烫卷发，她头发只有半寸长，黑衣黑裤阔绰得过分，越发显得清隽挺拔。

我被她的气息吸引。先于肉身，若隐若现，执拗顽强，它飘散在空中，被气流冲击着上下浮沉，却更像凝固的一团，被她稳稳牵紧，一尺内跟从。我无法以精准语言描述，将我深深吸引、令我共情的寂寥、冷傲、孤清，可能是我错认，她没有一个表情指向这一判定。我像拙劣小说家自说自话，割裂了人物心理和行为的统一性，将她代入我的情绪。我断然判定，她在哭泣，尽管没有眼泪。

这当然是我猜测。每个人都穿着钢筋水泥外罩，目光只是笨拙钢针，撬不开心门。我产生一种错觉，不远处的她是另一个自己，我和我对峙，我和我挣扎，我向我妥协，我劝我放下，我和我终其一生抗争，却始终无法割裂。

我就那样滞在她附近，一前一后，一左一右，不远不近，没说一句话，没有一个举止，像和天比耐力。天很快败下阵去，先还有一缕一缕霞光铺在西边，很快变为橘红、宝蓝、浅灰，及至一层一层泛黑起来，彻底吞没了天。那天经过站前广场的人会看见，豁然亮起的街灯轻晃，女人身影微漾，像两棵草摇曳在水里，在梦里，在一场吞没理性的荒诞里。没人过来一探究竟，人都匆忙于自己的行程，迷醉于在自己的舞台亮相。

中间好几次我想离开，如果我离开，这个女人就像那天经过我的很多人一样，不会留在我记忆里，更不会成为此刻我讲述的主题，但我没离开，我没办法走出她的氛围圈，或许两个人磁场暗合，磁感线正在交织，像功夫片里内力角逐，或一个科幻情节，线与线激出光，光与光相互吞噬、吸食、消融，如果配音，应该像电笔接触，零线火线，串联并连。我没有离开，东南西北中，没有一条路是我的方向。我和她耗在一起，和一棵树、一只动物、另一个人耗在一起一样，没有更多必要性，却也没有抗拒的理由。

突然她打了个呼哨，声音之激荡响亮，能催醒一座城。几辆车闻风而动，最先靠近的那辆早早张开大口。我这才发现，她没带行李，哪怕很小一只手袋。好像她的烟、手机、水杯都自己长脚，在她需要的时候，就奔到她手里，等她不需要，就跑得远远的。我看见她把手搭在车门看我，或许她看向的是其他地方，但我立即回应，眼巴巴看过去，想跟着她走进车里。

车没理我，窜出去好远。我被抛进暗黑，方才被想象统领，乱生共情，所激起的一丝火光倏地熄灭，同时被万物抛弃的孤独感更深重地掩杀过来。我要消融。将自己葬埋。彻底。绝对。完全。荒凉之地再无我丝毫印痕。东南西北中。随便。都行。我准备坐第一辆开向我的车，去他本来就要去的地方。

"京"牌车窗摇开，几个字争先恐后，你—去—要—

城—古？

这是老桑特色。他一大把胡子像加速器，字词冲出来经过它就开了双倍速，比如他说"随便"，两个字冲破胡子障碍时各自匆忙，"随"从左边出来的同时，"便"从右边出来，稍有差池，就变成"便随"。"便随"就"便随"，他说"随"是顺从，"便"是从顺，字意相同，排序随心情。后来我看老桑表面凶猛，在她面前却很温顺，才醒悟当时他的邀约，一定奉了旨意。

这才知道他们都是画家，来古城采风。

古城四周有大片丘陵地貌，他们说跟法国郊外一模一样。看到了吗？那在风中摇摆的白杨树就是莫奈画过的那种杨。莫奈日复一日画它，不同季节，不同时间，不同光线，不同颜色，他捕捉白杨的节奏感、重复感，也体味大自然的不可预测、不可驯服。草地上的白杨树。阳光下的白杨树。秋天的白杨树。厄普特河岸边的白杨树。秋天厄普特河岸边的白杨树。阴天厄普特河岸边的白杨树。从沼泽地观望厄普特河岸边的白杨树。他们说莫奈很专情，画白杨就画白杨，画草堆就画草堆，画睡莲就画睡莲。尤其是她，提起莫奈总是痴情，像面对面表白，浑身通了万伏高压电。有时情动，脸红到脖颈。有时心动，魂跑出去老远。老桑一次两次三次呼喊时常向我眨眼，表情诡谲，暗示她又被莫奈勾了魂。

我没有任何预设和假想，朝着他们给定的情节反射。过了很长时间，才迟钝开窍——她的层层包裹，是她自我选择，更是他人给予。我后悔没有更早理解，不懂同一个客观表情可以包纳千千万万种主观心理，一个和另一个之间，有黑白、高低、胖瘦那么远。

古城留有过去痕迹，我们每天在城门楼内外游荡。设想在过去，"三寸金莲"飘过，一尺香留在身后。守门将士城门楼上闻见，手中钢戟握紧。城是瓮城，敌人进攻，头门大开，敌众无知，蜂拥而入，关门打狗，剑弩连发，血染城门。这种想象利于消化和溶解，我不再在意信息，有时它来，迟了几天才被看见，有时他一连发十几个"？"都被我忽略。"知乎"告诉我，男人心里有你，行动才有你，以爱为名的冷漠不符合心理逻辑。后来我不去看，不去想，有没有都虚妄，不能改变结局。不过同等对待，假如他反省，会想起他用冷漠围成的墙，我一次次碰壁，发出的咚咚声足以将灵魂震碎。他忠实守卫着心门，不令其沦陷，很像对金海心《那么骄傲》的反证：糟糕，我陷得比你早/你爱得比我少/注定要受煎熬。

我决心向她学习——那么骄傲。

中午，等老桑叫过三五遍，门才开一条缝，一只手接过面包、牛奶、鸡蛋，或包子、豆浆、油条，门随即关紧。一开一合过程迅疾，她像流星闪电，不释放任何讯息就消隐在门后。只有气息不受控制，空气里滴溜溜打转，让人遐想它们的源起。我再也没见过那套黑衣裤。等她准备好，窗帘哗啦，门吱呀，一些饱满度极高的颜色会先于她飘出来，像调色，红蓝白不是红蓝白，黄绿紫不是黄绿紫，都变为盛世美颜，簇拥着她每天都若新生。在她行动时，老桑的眼神就落在她骨节上，像必需品，像一个不得不如此的辅佐，宠溺得令人心疼。

老桑管她叫莫莉，莫奈的妹妹。吃什么，莫莉定。去哪儿，莫莉定。干点儿啥，莫莉定。"莫莉定"很快变成大家的集体口头禅，我丝毫不怀疑老桑对她的感情，他悄印在目光之间的印痕，像古城羊只不证自明——不停咩叫，声线清脆，从西到东，从东到西，从南到北，从北到南。

我们总是下午出行，两部车，八个人，东城门西城门南城门北城门。无论从哪个方向开出去，都会遭遇美景，八双眼被抓紧，舍不得放下手机，也舍不得上车，就那么行一路，拍一路，欢笑一路。时光如风缓缓流过，大片云彩飘来荡去，如硕鸟抖开翅膀，色彩之重，超出过往所有经验。有时我们会一齐愣住，兀自去听，心醉一回又一回，人如散在尘里，散在风中，散在千年万年的梦里。一棵棵"莫奈杨"就漾在这个梦境里，层次分明，茕茕孑立，以各自风骨迎风而立，也迎着我们而立。我们被诱惑，一步步靠近。莫莉总是感叹，离它这么近，却无法理解它，无法触探它的根脉，无法看清它在地下的姿态，无法了解它和它之间是相握还是分散。我学她张开双臂朝前探，把一棵杨抱在怀里，暖了很久还是很冷，树皮铁硬，硌得胸疼，她却抱着不放，像要到地老天荒。

等待过程漫长,他们会从后备箱拉出折叠桌椅、画箱,长时间作画。我总是看不了几页书就被诱惑。蓝天,白云,绿树,青草,美得过分。不论走到哪个方向,古城田野总怡然一群牛羊,长尾摇来摆去,哞咩四响,莫莉喜欢和它们待在一起。不知道为什么,她所在的地方,风景又有不同,我喜欢跟着她,却总跟不紧。

蓝牙扬声器循环播放一首吉他独奏,曲调空灵,像魔爪勾着人疼,想哭想掉泪。莫莉就说声音不是从这台进口的美国音箱传出来,而是自树里生长,自"莫奈杨"的叶梢传播。每个音符都写着莫奈的一辈子,有莫奈的专属颜色,有莫奈的独特气息,有莫奈终其一生的爱与恨,喜与悲,所以不论如何拆解拼接,都成立,以供世代解读。老桑说莫莉吃莫奈,喝莫奈,呼吸莫奈,吞吐莫奈,全世界都是莫奈,莫奈就是全世界,他说人不该如此依赖他者,非得找到自我,才有存在的理由。

老桑难得深刻,语速反而慢,一字一停顿,字与字之间的距离足令人云游天外,转一圈再回来。这种时候并不多见,也不发生在莫莉面前。一旦和莫莉对面,老桑就一键还原,语速快到不正常,胡话连篇,逻辑混乱。大概字词各有灵性,入脑浅,流速快,不经体内循环一遍,便轻浅如一缕香烟,出嘴就散。

我落在他们的轨迹里,晚睡晚起,作息不规律,过午非但食,且茶,且酒,且癫,且狂,且咖啡,且香烟,且嘶吼，且疯魔，一面说未来可期，一面说未来已来，一面说来日必有机会，一面说此生再也无缘，虚虚实实，真真假假，我没想过离别，他们也没提过，所以当它到来，我难以区隔它早被预定，还是临时起意。

我怀疑源起于那个偶然"发现"。

那天清晨，我被五点半的闹铃唤醒。古城很旧，也很新，过往印痕化生，给了小城新生的力量。四面城墙有元代所建，也有历代翻修，都像城中十字路口台阶上常年稳坐的年长老人，一位捋胡须，另一位也捋胡须，人长到一定年纪相似，城墙也一样。他们告诉我，古城的日出和别处不一样。

沿西门出城，豁然开朗。太阳正欲升空，光线先还是暗淡的一抹，很快清透，且浓烈，远处山脊上一带红，迅速朝我涌来，披挂了一身。莫奈杨在大片平地里傲然挺立，形状美极，我在景里挪移，小心变换身形，不让自己进入众人眼中。很多画家在画，很多摄影师在拍照，有动有静，都很癫狂。艺术相通，明暗、虚实、空间、时间、层次、结构，我被惊艳，被感动，又被莫名的伤感戳中，不知道为什么悲伤，为什么绝望，为什么总被一片厚重的黑压着心灵。风很温柔，不远处的苇草轻轻摇摆，丝绒一般轻柔，想象它从手背扫过，从手臂扫过，从耳朵根扫过，从最灵敏的私处扫过，浑身酥麻，而后激昂，奋起一股情思，想褪去所有衣裙，朝风裸露身体，让山河万物去体内循环一趟，让停留的停留，带走的带走，让涤净的涤净，污脏的污脏，让自己就此消融，化成最小的微尘，附着在万物之上。我再没有接到他的消息，好似先前的"?"已经尽到所有义务，他以默然告诉我，以后，不必了。风忽然劲了，林间哗哗，羊铃被传出去很远很远，又传回来，缥缈如同幻梦，好似逢着很久以前的一个梦境，兀自在林间穿梭，那么悠久那么悠久的一次穿越，从身体而心灵，从地上而空中，从这里而那里，时间被时间切割，肉身被肉身驱离，只有恒久的风还在山谷里回荡，一波一波徜徉。

我突然看见莫莉，同时被她看见。

她在作画。手腕旋转，指尖灵动，笔着了魔，上下划擦，左右调拨，四周画圈圈，如同一场狂舞。色板轻颤，淡黄色液体在不锈钢小碗里散发松节的香。我如经历又一场梦境，看黑、白、蓝神奇变幻，画面逐渐饱满，一株莫奈杨。它和我在古城见过的所有树都不一样，和莫莉之前画过的树也都不一样，它甚至不像一棵树，但我确定，那就是"莫奈杨"。画面不具实形，一块又一块模糊色斑，我看到暴雨倾盆，狂风穿过白杨枝杈，树梢断裂发出嘎巴声，莫莉在树下仰身，与天平行，任由风从骨间刮过，肉里穿行。一股无以言说的伤感笼罩了我，我说为什么，为什么我像被电击中，这么疼痛，这么哀伤，那一瞬间莫莉将光线扭向我，黯淡孤清，似与天一色，我正欲捕捉，她神色已转换。回吧，她说，要下雨了。

这是我们第一次在中午十二点以前见面,当时我没想到,也是最后一次。

下午莫莉开门更迟,老桑叫过七八次,几乎要拿锤子砸窗,她才走出来。新剃了头,光得发亮,两只特大耳环饰在脸侧,眼妆炫亮夸张,眉梢插入太阳穴,睫毛粗长,眼皮上金铜色闪亮,像时刻照射着撒哈拉阳光,巨红嘴唇做了厚涂,安吉丽娜·朱莉般狂野粗放。她撩起红袍,赤脚跑进雨里,啪啪啪跺脚,像合着踢踏舞的节奏。老桑没一丝犹豫跟进去,一红一黑,幽灵般起舞。不知道为什么,我再也无力掩饰,赶在泪流出来前冲进雨帘。雨是一片悲海,令人瞬间沉沦,被浓重的哀伤捕获,缴下所有心防。那一刻,我不敢看向她,怕同时被她看向。

如今我对这个故事的所有解构,都源于那一夜,最后一夜。莫莉酒后裂开一条隙缝,露出一点真实被我看见。但其实,我至今仍旧无法确定,那被我看见的是不是另一种遮蔽。

自酿啤酒,进口啤酒,高度威士忌,各种液体不分先后灌入,人渐轻浮,话与话胡乱碰撞,不产生任何意义。突然莫莉将杯子重重摔在桌上,嘶吼一句,莫奈一生只画过一个女人。这话像把屋外乌云扯下来,盖在每个人脸上,人都敛了声气,气氛落到谷底。我看见他们互相对视,传达某种微妙讯息,像集体掩饰,又像集体曝光,突然意识到我一无所知,"京"像包袱皮,将他们牢牢包裹，谁是谁，姓名为何，祖籍所在，曾有什么样的过去。我偶尔看见的一点，像冰山一角，被他们很快收回，他们像矿山，又像微尘，真实不被我洞悉。老桑眼睛变直，一只手像患了帕金森症，震颤不已，你你你了半天，语不成句，突然大怒，你到底有什么目的，你到底想干什么，你到底要证明什么。莫莉灌入一大口酒，泪哗哗流，说你还要我怎么样，我不看，不说，连呼吸都不敢大声，你还要我怎么样。老桑用双手上下搓了几把脸，又把胡子朝下捋了一下，说你不该这样想。那你要我咋样想，莫莉扯着老桑问，没关系，莫奈唯一画过的女人三十岁就死了，可他一直只爱她，和别的女人在一起还是只爱她一个？她眼神涣散，摇着老桑的手无力垂在桌面。她很快睡着了，睡着还委屈，不间断地低泣伴合呼吸，偶尔响一下，无力落下去。

老桑说，散了吧。

喧嚣落下，夜沉入夜更深的暗黑中，我久不能寐，像突然获得一条通道，抵达到莫莉内心。凭空想象，一定是老桑花心，辜负了她的情深。有时他看向另一个女人，有看向她时同样的内容。我断定莫莉因此受伤，艺术家的始乱终弃更像图腾，指向自由、梦想和释放，莫莉对老桑依附太深，爱情不由自主地释放。可老桑眼里内容太多，不会接纳她为唯一，不会为她永远锁上对其他女人的爱意。女人单纯，深沉，明显，暗藏，又哭又笑，无非是等他调节平衡。而他也无非是反复提醒，你们都只是一个符号，是我合奏曲里一个音节。当然可以替换，一定需要替换，必然会替换。我被惊吓，大睁开眼睛，天花板上跳着几个字：爱，才在乎。一字一词如塑金身，又沉又闪亮，我盯着看了许久，坠入更大的绝望。

梦里我又去质问，为什么，凭什么，当我敞开心门，你应该敞开更多，而不是返身锁紧。他一如往常，不辩驳，不抵抗，柔软如一团气，拳头砸上去，空荡荡，不得不收回来，竟全是暗疾，连嘴巴都被糊紧，声音飘在身外，扎实的一团，又缥缈得没有实形。如今我知道，那是他们离开的时刻。看门老汉告诉我，天还没亮，车灯刺得眼疼，他拉开大铁门时看见一团红正向车移动。只有一团红，没有脑袋，没有身体，没有声音，快得像眼花，他眨巴了一下，就消失了。

等我正午醒来，脑子昏沉沉，听不见任何声响。一种不祥的预感让我跳出去，依次推门。屋内空空如也，棉被清白，整整齐齐铺着，没有一张脸。鼻子瞬时发酸，眼眶发热，憋得人疼，似乎又听见吉他弹奏声空灵回响，一幅场景定型，老桑站在门口说，莫莉，快起来吧。莫莉拉开门，一股气息先飘出来。我总是无力描述，它和身高、体重、肤色、衣裙、妆容、配饰、香水、胭脂、发油、语言、表情、举止，都没有关系，它像她的衍生，又像独立生成被她吸引，就那么在空中飘荡。

我再也没有和他们中间的任何一个人见面，微信和电话都如死海，丢多大石子进去也激不出浪花。起初我不停寻找，莫莉、老桑、"京"字车牌、古城画家，搜索结果海量，都不得指向。我们在一起的十天，像"莫奈杨"一样遥不可及。便忘了。人总是健忘，"新"很快代替"旧"，"有"很快填补"无"。我没能完成抵抗，回家后，仍旧落在他的束缚里。后来我也学会隐藏，以肤浅对待肤浅，以虚假对待虚假，以自觉不自觉的包裹对待他越拧越紧的心门，我们都不相信爱情，自愿被隔膜，有时反而亲近。

过了很长时间，我在网上看见一个艺术展，一眼认出，那就是莫莉画的"莫奈杨"。简介说画家王梦，常年行游于古城，描画过古城的每一株白杨树。女子素颜白裙，长发柔顺，我盯着看了好久，好奇这是不是莫莉，如果是莫莉，这是她光头前的造型，还是我见过后的变动。我不能确定，就很快放弃猜测，美丽和客观附着物没关系，像气息刻在她骨头里。我想象她仍在古城，和"莫奈杨"守在一起，天空如镜照耀她，天上就有了她的身影。我抬头寻找，看见一朵云中飘着她，我照见她的表情，她的气息，莫名哀伤，莫名绝望。

很快我又把他们忘记了，"知乎"说人一生会遇到八百二十万人，都会留在潜意识里，当某个瞬间来临，它才会浮出来，被意识到。我不知道她到底是莫莉，还是王梦，不知道她还在不在古城。我学会包裹自己，也认知到人都是孤城，只会让别人看见一部分，上面写满意愿，用以隐藏不情愿的部分。

几天前，老桑在朋友圈纪念，一对伉俪画家青梅竹马，忽一日男画家车祸离世，女画家一瞬魂散，追到他出事之地，认定他化身为杨树，要生死追随。她没能抵抗孤独，最终放弃所有，追随丈夫而去。老桑说，她放弃肉身，成全了大欢喜。压题照片上，一对年轻人站在一起，女孩像她，又不像她。

我不敢追问，不敢联想，不敢呼吸。好似又站在面前，看她调色。清晨微凉，她包一条围巾在头上，像《红围巾：莫奈夫人画像》。她浑身绷劲，微微扬臂，袖筒里甩出一股气，像被什么东西牵得很紧，把全身力量集中到右手臂，或者身体的其他部分消失了，只有一只右手臂在行动。我余生都会记得，画完那一瞬，她像做了噩梦醒来，虚弱地发呆，原地站了好久。一排"莫奈杨"被光区分为金黄和暗绿，有风吹过树叶，光在其间粼粼闪，像跃动的音节，很神奇，很梦幻。我俩同时抬头，看叶间漏出来的天。

雨势未减，雨点落于篷顶，汇流入地，叮咚叮咚，好似伴音。不远处风吹密林，攀着白皮松一节一节上升，到无处可爬，被树梢儿轻轻弹拨，空中翻几个跟斗，一截一截退下来，又攀去油松、桦木、花楸、五角枫，树有笔直、高挑，也有低矮、丛生，林荫里忽高忽低，就起了诗意，沙沙沙，哗哗哗，唰唰唰，曲调似的，千年万年流传下来，千年万年流传下去。

乙女神情不能转换，仍在故事里沉溺，说，你们看，我都不确定这是不是同一个人。

有什么关系？男一说，天下人原本是一人，天下事原本是一事。

是这道理。乙女说，刚才我突然想，每一棵树都对应一个人，或者每棵树都寄生一个魂。你看树各有仪态，各有特征，和人一模一样。有没有可能，人和树只是不同的形，以肉眼看不见的方式转换变形？

当然有可能。甲二说，我没有植物学知识，但知道植物种类繁多，有的需要显微镜才能看见，有的寄生于水、黑暗、阴寒、潮湿，还有的无根无叶，不知道活的还是死的。人其实也一样。我时常觉得我是死的，我老婆是死的，我儿子是死的，所有人都是死的，或者起码死去八成。我用我剩下的两成挣扎。我说我什么也不干，就想去公园发呆。我老婆说你知道一天是什么概念？在中国，每分钟有三十三个婴儿出生、有二十对新人结成夫妻、有二十六人走上新的工作岗位、有三万五千二百一十七名乘客坐着中国铁路出行。对于一个人，一分钟可以看五六百字、可以打一百五十个字、可以跑四百米、可以做二十多个仰卧起坐。可你竟然想白白坐一天，什么也不干？受制于生活秩序和对我的习惯性压榨，她质问我，为什么你不想去跑"滴滴"、送外卖或者干点什么，她冷冰冰盯紧我说，做做家务。我由此看见余生，一成不变熬日子，没有活着的乐趣，没有活着的意义。好吧，那就从这里讲起吧——

  我承认他们给我种了毒。
  我的朋友，木鱼和老铁。
  先离开的是老铁。有一天我被一脸哀伤的铁嫂拦住，她两只胳膊夯开，努力罩住办公室的门。我不得不拉下脸训她，有事说事，不要动作，招惹他人注意。你们把他藏哪儿了？她问，两眼如生了水泡，胀得厉害。我问谁？没有一丝预感老铁会出走。
  铁嫂说还能有谁？他只拿走了身份证，钱包在枕头下压着，里面有一千多块。
  我问她，你知道他会去哪儿？
  我不知道！我哪儿配知道？铁嫂咆哮，他动不动讲意义，讲价值，我听不懂，就去问我认识的文化人，先问了小学老师，又问初中老师，最后问高中老师。他们都说活着的意义是上课，价值也是上课。照这样说，老铁活着的意义是下井，价值也是下井。我跟老铁说了，还给他举例子，再高级的人也得吃饭睡觉，所以人活着的意义就是吃饭睡觉，人的价值也是吃饭睡觉。我这话没什么不对啊，谁能不吃饭睡觉呢。可他从那时开始就不对了，经常盯住一个地方不动，我儿子问爸爸你在干什么呀。他说你来，你到这里来，从这里看进去，看到了吗？就是个破墙脚，有什么可看的。昨天我去矿上找，才知道他已经连续一个月没去上班，这一个月他不上班干什么？

我托朋友，查到老铁买了五月十八日去三门峡的票，就动员光头刚和大洪，这是我另外两个朋友。我们一人捐两千，撺掇铁嫂去找，她说三门峡那么大，我去哪儿找？由他吧，累了，他会回家。

没多久，木鱼也走了。

木鱼离开的原因五花八门，最贴近的是，她肚皮撑开八条纹，快裂了。她在流产床上订的机票，完了提起裤子走人。

惦记木鱼的人，约等于拥有她诗集的人。没有书号，薄薄一册，只送了二十一本。二十一个人捧着诗集往里钻，有二十一种情绪，二十一种解读。最权威的说法是：木鱼的字如刀片，读一句被剐一回，先疼，再酸，最后甜。这是大胡子教授说的，我认得他十三年，灰白头发连着灰白胡子，从来没变过样。

木鱼刚离开，大胡子就盖棺定论，语气和语调都哀痛，像木鱼死了。扼喉、割腕、跳楼。突破不了，忍受不了，摆脱不了。用生命追求诗歌的纯粹。我坐在旁边，看一粒米舞蹈。以它为中心，十几根胡子黏在一起，一起抖动。语言受保护，冲破桎梏时，应该会有顾忌，不该对一个鲜活的生命随意解读。大胡子说，人品就是文品，滥情的好处之一是热情。它包不住，塑料钢铁不行，冰雕水泥不行，一百张面具也无能为力。你揭开她诗句的表层，一层层挖开，就会被流动的热情炙伤。他嘴巴一动,胡子跟着动,米粒随之跳跃,像刻意编排的歌伴舞。不知道接吻时,会不会受影响。

我想变成一把刀,一种意识,一股羞愧,扎进大胡子心里。

木鱼来市里前,生活在一个偏远县城。当时流行的UC论坛,至今还有她发表的文章,小女孩那一套,"我死了谁在我墓前凭吊"之类。后来我常进去,像进到荒废之地,才子佳人不见,只有一园枯草摇曳,风一吼,脑门如被剑割,后脊梁跟着崩开,五脏六腑碎裂,血也成灰肉也成灰。一地伤感。

不瞒你们说,看见木鱼第一眼,我对她的爱达到顶点。她穿灰色萝卜裤,裤腿收缚处,露出纤细脚踝,左右各挽一根红绳,系几只铜铃,一动,就丁铃铃响起,好似一只小宠物毛茸茸来。人要俯下身,抱起,顺手一摸,听任它怀里娇羞。她目不斜视,如入无人之境。给人感觉不是进入三百人的会场,而是走进一个空房间,走向唯一一张桌子。你好,我叫木鱼,木鱼就是我。如雪地盛开的玫瑰,娇艳固然娇艳,也实在扎眼。你们不喜欢?老娘偏要这样。奇葩就是我,我就是奇葩,你奈我何?

我怀疑木鱼故意这样做,也故意给全世界看。她用冲破禁忌之恋向世界宣言:我是我自己的。我想怎么样就怎么样。我想爱谁就爱谁。别管我!

谁知道呢,尼采让我们成为自己,我们也只能成为自己。活在主观里,活在立场里,活在情绪里,随身随心随情随缘随性。我们都没料到,这出独角戏只演了七个月就谢幕。没人知道木鱼去了哪里。

我以为再也见不着木鱼了,就像再也没见着老铁一样。

后来有一天,光头刚说,木鱼有信了,在西双版纳开了个民宿,有个好听的名字叫"曼景轩",两亩大的院子,一院子花。木鱼穿傣裙不像木鱼,像活鱼,让人想抓一把,再抓一把,一把一把接一把。

大洪说,西双版纳风情万种,怎么着也得七天。那就七天,磨憨通老挝,打洛入缅甸,请把护照带好。我们都说,走吧,走吧,走吧。去了才知疫情凶猛,边境吃紧,游客一律不准前往。空出来的时间像毒瘾,折磨人。三人急得发疯,钻进橡树林,上到茶山,被民族村的风景吸引。傣民都热情,介绍怎么割胶、收胶、出胶,怎么采茶、制茶、泡茶,野生槟榔果生涩,要盐渍了下饭。也有不客气的,挥了竹棒撵上来,快走,快走,别给我们惹麻烦。

光头刚叹息,活在这么偏远的地方,有什么意义?

大洪反问,活在哪儿有意义?

我们不约而同想起木鱼,想起老铁,也许这里就是他们的意义。

司机将我们送进"曼景轩"时,已至零点。木鱼远远招呼"这边",自廊下转出,长发披散开,在身后飘,仿若悬了一条长河，我们都是游鱼，被味道吸引，曳着长尾来，巴巴等，上帝之目，恩赐之目，欢娱之目。至茶台，让我们一侧围坐，木鱼绕至对面，烫壶、温杯、洗茶、刮沫、巡河，茶托递过来，各人一碗。我们推托不敢，过午不茶，喝了要失眠。木鱼说这世上哪里什么不敢，人逼到一定份，什么都敢。让我们放心，这茶助眠。灯在茶汤里一漾一漾，热气扑出来，袅袅飞，茶香诱人。三人经受不过，都端起。

寻找木鱼过去的痕迹，让我自惭形秽。她较以前脱俗，凹凸得标致，腰身那里陷进去一把，让人想摸。这感觉由来已久，我见她第一次就想摸，此后不停反复，梦里研究，好似终于上手，摸到了自己对她念想的东西，过后反复回味，却什么也没摸到。我在桌底拧绞双手，终究没胆。时间产生了圣洁，让男人女人都保持距离。

菜是地道版纳特色，勐海烤鸡、香茅草烤鱼、菠萝紫米饭，木鱼提一壶白酒，说傣家自酿，纯粮五十三，来，尝一尝。侧身倒酒时，鼻子跳过酒香，闻上她，软软糯糯，像玫瑰、百合、桂花和所有花香的总和，幽幽自眉间来，眼底来，足尖来，心一点一点泛远，浮浮的，痒痒的，让人毛躁。我想起她送我的诗集，先在枕边，后在案边，终被新书压入柜底。来之前我翻出来。她在封面上侧脸凝视，忧郁如轻烟，一层一层卷裹，有些梦幻，更多悲伤：木鱼的躯壳里，早住进了另一个灵魂。

幸亏我没让木鱼知道我是"大河马"，十年前我们就在网上认识了。鬼知道，她对我毫无避讳，什么都说，包括爱上大胡子。你知道吗，他就是出现在马孔多的那块大磁铁，我像枚小铁钉，被深深吸引。我很想告诉她，那是幻象，你越坚持，越接近虚妄。大胡子对待女人的态度正如其对待美酒，红白黄，十年二十年三十年，五度十三度七十二度。来者不拒没有把他归类于道德败坏，却使接近她的女人如雨后之春笋，飞蛾扑火攻克他。

我没说。后来木鱼临走前给我留言，信息来一句，撤回一句，屏幕一片灰白，我也一句话没回。当时我告诉自己，不要介入他人命运。现在我知道，说什么都多余。木鱼当时问的，正是我现在想知道的，人到底为什么活着，活着有什么乐趣，有什么意义？没有答案。

是老铁最先引出这一问题。当时我们都以为，老铁是不得意，写诗不得意，当矿工不得意，做人不得意。

大胡子习惯鼓励，他说：地下三千米，被地心的炙火燃烧，煤一样黑亮坚硬。他鼓励老铁莫问前程，只要写下去就行。一个人把身体隐入地底，连通地上与地下，光明与黑暗，宽松与束缚，本身就是诗。他又说诗像一块黑炭，就在那里，你进去了，就能得到。我们跟着他鼓吹，相信极端的苦累体验中，一定能写出有质感的诗。

老铁写不好，一遍一遍拿来修改。改多了，不好意思，常提山鸡、野兔、蘑菇、野菜谢师。他说矿山后树林子里四季有珍宝，你们想吃啥，只要应季。偶有女诗人矫情：你捕的？你杀的？他像拣到金元宝，炫耀得很，黑脸簇开花，是啊。是啊。是啊。

如是三年，诗没发表一首，钱没挣到一分。老铁终于泄气。有一晚包间设宴，他宣布以后再不写诗。凭恃"关系好"，光头刚、大洪和我，当即对老铁指手画脚，对他说道，你不应该这样、你应该那样。老铁笑笑，不反驳。后来他把指头戳到光头刚脸上说，你不懂我，你认识的我，是你定义的我。你下过井吗？没有！你知道我怎么想吗？不知道！没人听他扯淡，都喝多了，哭了笑，笑了哭，闹腾了半晚上。

老铁出走后杳无音讯。铁嫂携稚儿去报案，求你们告诉我，他到底活着死了？民警大数据查遍，三门峡以后再无信息。你想一想，他会不会去找朋友亲戚？我不知道，铁嫂号啕，他说他是孤儿。

法院宣告失踪后，铁嫂再嫁。我们去喝喜酒，听她不停絮叨，老铁啥都好，就是不爱说话。你说他有啥不满意，要扔下老婆孩子离家出走？人一茬茬生，一茬茬老，不都这么过？他有啥想不开？

老铁唯一被流传的一句诗，后来被许多人提起：没有故乡/没有过去/一张白纸随心涂抹。据说他还是个孩童，就变成杀人犯。五个姐姐把指头戳在他额头，是你，就是你。咱们家只能有七个人，你要来，爸爸就得走。受她们哄骗，他把蝌蚪蟋蟀毛毛虫抓在手里，用三岁的乳牙噬啃，犯下无数杀生的罪。他母亲因为生活太苦，天天唉声叹气，不得不一边用棍子打他，一边用"断根鬼"诅咒，忘了自己才是罪魁祸首。

老铁给自己设定的"孤儿"身份，和工作、家庭、儿子一起，被他抛弃。清明节的十字路口，多了一堆纸灰，铁嫂告诉给儿子，画圈，写个"铁"，以保证他顺利接收。

老铁留给我的印象是脑袋微抬，双目圆睁，单拳放在桌面，另一只手覆盖其上，如同要抡起一把老锤。那是他唯一一次"跨县"交流，照片被一个文学爱好者留在手机里。辗转几次后，发给我的人斩钉截铁地说，他的魂早被抽走了。让我每当想起他，总是莫名心慌。

在勐巴拉见到那个男人前，我忘了老铁。人一生能记住多少呢，留在我们记忆里的，又有多少真实性呢？

晨起，木鱼花间端坐，一簇三角梅探出枝丫，遮一半芳华，独声音裹了花香在院里飘，车钥匙和旅行手册在茶台，注意安全。

人就是这样，对生活难以确信，需要一个人，一个标准，一个提示，告诉你方向，向你展示：黑是黑白是白。灰白之间的浅灰、中灰、深灰没有固定界线，容易随心情变动。所以木鱼说我们该去勐海，我们便去勐海。

车在光里行走，如在空里。树木、村寨、傣民映入眼底，如画片，单薄、轻飘，一闪而过。横在远处的山脉时而如铁，时而如玻璃，反着光，忽明忽暗制造着假象，像罩在现世的一副活套子，让人一路眩晕。后来我看见一个影子落在前面,像跟车焊接在一起,形成牵引,以为是鸟,西双版纳林木茂盛,常见孔雀、老鹰在空中飞,扇着巨大翅子,挨近地面时,黑一片天。后来才知是飞机,应该刚起飞,或要下降,飞行高度两千米以下。接着我又细看,发觉我把它想成什么它像什么,不想它是什么它就不是什么。有一瞬间,它是木鱼,总在前头,你以为迈一步就能黏住她。一转弯,它消失不见了。

行至半路,见一行字:西双版纳只有两个景点,一个是勐巴拉,一个是勐巴拉以外。

三人莫名激动,手舞足蹈,停车停车快停车。车子停在路边。

一片红摇曳在视线尽头。奔过去,大片花海。花瓣朝内,像无数根手指聚拢,身体远伸,箭一样射向四方。我们拍下小视频,把自己放在花丛,不一会儿浑身发热。大洪说这不是花,是火在烧。再看,总听见火苗哔剥,声响之大,令灵魂震颤。我四处张望,想找一处蔽荫,见一人打赤脚自远处来,戴斗笠,穿黑白褐三色横纹T恤,深蓝短裤,裤管中伸出来两截腿,机器一样硬实,沾满泥。他走路外八字,双脚间距之宽,身体摇晃幅度之大,让我一下想到老铁。我想他是老铁,他就变成老铁,扛一把冲锋水枪,沿花池周边浇水,由远及近,由近及远。所过之处,一园花愈加热烈。花海旁,竖一小牌:曼珠沙华,又称红色彼岸花、幽灵花、黄泉路上的花,象征生死两隔,永不相见。

我不禁疑问，谁赋予它这样的寓意。为什么是它，而不是别的花，来承载这一意义。我想象那个为它命名的人，没有任何理由，只因为需要这样表达，就随意指认，将意义赋予全新的它。他征求过它的意见吗？知道它想怎么表达自己吗？

疑问如同轩辕利剑，一旦出鞘，必得祭上身体、思想和灵魂，我应该是从那天晚上开始就不对劲了。

"曼景轩"有风，柔柔浅浅，促使风铃于梁上空响，如吃了蜜。一地的花摇来香，窸窸窣窣，杂在一起。空气温顺。我讨厌起这不同于北方的甜、腻、湿、溏，像陷入沼泽，拔不出来，有点乱。我质问木鱼为什么离开，为什么不肯回去？我说你已经三十四岁了，不结婚不找对象，没有正经工作，以后怎么办？我想激怒木鱼。你们知道，就是一个人看着另一个人过着自己想要的生活而自己做不到时，惯使的那种方式。我说你不能因为一次失败就否定人生，不能因为一次挫折就彻底逃离，你得面对，朝前看，朝前走。木鱼不生气，悠悠问了一句，你为谁而活？

木鱼的茶比酒醉人，现在我才明白她是同情我。

回来后我没有一天不想起那片花海，想起那两个人。木鱼如神仙点化万物：有花，便飘香；有草，便长绿；有水，便游鱼；有空，便飞鸟。柞果一树深一树浅，木瓜一层青一层黄，阔大芭蕉的叶片下，垂吊细黄的花。诗如地菌泛起，被她拾起拥入怀里，月下吟诵，邀来尘世万物的共鸣。曼殊沙华热烈开放，如火似血，竭尽全力，挣出了血。老铁以水管为权杖，做万物的王：世人都说你象征生死两隔、永不相见，视你为彼岸花、幽灵花、黄泉路上的花。朕替你更正，你是自在花、圆满花、通往幸福的花。

我就这样中了邪。男二说，半夜睡不着，总有冲动，机关枪，屠龙剑，杀猪刀，杀杀杀。以亲情、爱情为名，羁绊、捆绑我的人，像磨盘沉重，拽紧我沉溺死水。我将他们凌迟，一片片剐割，下手一次自由一分，最终我能无障无碍脱身，如云，如风，如一切轻灵之物，不被任何物事挂牵。画面过于真实，我被愧疚缠着心，看见天神立于前，一桩桩一件件，小黑本上记录详尽，惩罚条款附在后面，像秤砣寻求平衡。树就是天神，知道一切，哀我不幸怒我不争。

风掀帐门，潮湿空气挤入，裹挟一股腐叶吃水的味道，男一起身，将帐帘挂起。雨势微，尚未停，阳光急迫，斜斜插入一角，像一柄明晃晃剑，戳点按钮，男二被点醒，撤回一脸迷茫，朝众人苦笑，说我方才似在杀戮现场，一地血淌，我没有地方立足，不得不伸长胳膊拽紧一蓬草，它哪里承受得住。人和草一样，不行就是不行。现在我知道我不行，人在这里，心还困在原地。

铮。铮。铮。

黄铜马蹄表。个头小小。表面光亮。机械。老式。上发条。复古。怀旧。金属。男二盯过去，像进入时间阔大黑洞，说，人和植物一样。有的那么高，那么粗，那么壮，有的那么矮，那么细，那么弱，以前我总找借口，等有钱，等有闲，现在我知道了，和那些无关，是我自己不行。

我也不行。乙女说，每次离开都担心，怕他找不见我着急上火，会得病。可他不找，一次也没找。不用怀疑，他吃定我无能，最低微的藻类植物，无根、无茎、无叶，浮游、附着、栖身。

人都内省，看到想到一生，半卷书本，主题限定，脚底生根，走不出固定剧情。情绪走到尽头，容不下一句话一个字。

嘶——嘶——

一只灰鸟飞入帐，双翅开合间，橘红一块色斑跃跃欲试，像只活的，要跌出来。人被诱起欲望，起身去扑，身形起伏、双臂升降，也就成了一只鸟。鸟诱鸟，鸟追鸟，鸟环鸟，鸟绕鸟，很快都累了，一只隐入林间不见，一只栖在地面，呼呼喘粗气。顺势一躺，像被云簇着，被浪涌着，被棉抱着，被爱抚着，极尽满足，也极尽喜悦。追鸟不成功，人又被花香吸引，花有千千万，味有万万千，人沉溺其间，远远近近，深深浅浅，总是贪心，也便任了性去闻去嗅，由着心山间游荡，疲了，累了，找一物附着上去，一篷草，一片叶，一阵风，只是无形，只把那香香臭臭一径往身体里引，去供养另一个世界里的另一座山，有花有鸟，有鱼有虫，有兽有风，也遇着另一个自己，面对面坐着，眼瞪眼看着。

过了良久，人方觉醒，意念飞去高远，肉身还在原地。

甲女长叹一声说，罢了罢了，认命吧。我们做不了毛妮、莫莉，也做不了老铁、木鱼。

男一笑说，世间万物本就一样，一物一性，是什么物有什么性，你们讲的故事属于例外情形，是突破、变异、基因转换。

雨过天晴，云群汹涌，月白，浅云，碧落，青黛，雪青，群青，天青，晴蓝，钴蓝，霓虹蓝，宁静蓝，浅灰蓝，墨灰佩，丁香灰，恩灰，冰川灰，人走出帐篷，沉溺其中，厚薄、轻重、缓疾、疏密、折叠、弯曲、翻转、变形。忽然间，万色散掉，一空浓云簇拥，一座巨型炼铁炉，大片红和橘翻滚、碰撞，赤焰滚滚，烈光炙人，如狂龙咆哮暴怒，羽翼卷曲、层叠、逸出，喷出的火球眼前肆虐，那烫就燎在身上，头面部发热。

男一说，走吧。

方才去打水，泉眼被污染，浊水里漂柴枝虫卵，黑虫肚皮朝天，八脚乱划，四腿蛤蟆踞在水中，呱呱呱。人呆立一边，像目睹战事残局，联想各自境况，风来雨来命来，惟悲怆承接，不觉叹息，人同此景，总被摆弄。要自在，不得自在；要欢喜，不得欢喜；要圆满，不得圆满。遂收拾行装，沿前路踏出林间。

人情知落回俗世，再无雅兴攀谈，只是睁眼闭眼，各自盘算。走了一程，气氛沉闷，男一有心打破，说我还欠你们一个故事。雨天迫返，回程枯燥，权当给大家宽心。说来也怪，咱们的故事都和植物相关，巴比松，莫奈杨，彼岸花，我这个，叫阴阳木……

他盯着，雪落向树木，如纸屑乱飞，飘扬、撞击、旋转，似乎每一粒都跟他一样，还受震惊，耳膜嗡嗡响，一股强气流在体内乱窜，驱使五脏六腑偏离本来位置，在被篡改、被修订的迷途中惶然不知所措。他企图挪动双脚，发现无力支配，只运用意念跺了跺，放任它继续留在原地。雪这样大，一转念就会掩盖世界，谁知道下一步是什么黑洞、暗沟、迷宫。他已经六十七岁，半辈子沟沟坎坎，怎么也想不到，临到终点，会遭遇这样一个巨大难题。

是孙儿又一次引出题干。

一种柔软的窸窣，小身体故作镇静却难以战胜本能的翻动，起初他以为孩童梦境反射，年少时梦过太多次从高处下跃，黑暗明亮，起伏跌宕，掌握平衡，像戴着翅膀，辽阔远方是目标方向，成年后受局限，再没梦过飞翔，却永远记得那欢畅。他凝神静气，听见细细小小呼吸，气流如同春天第一缕微风，暖暖冲到手臂，莫名感动。想起七年前第一次看见，臂弯里软软一团肉，无措到令人慌张。不禁想到自己，记忆无力企及之处，大概也是这般柔软，被托在怀里，嘴巴一张一翕，鼻翼一紧一松，眼蒙蒙，像无力，更像不愿睁开，知道人世间千般万般苦，一旦看见就无法摆脱。他抱得小心翼翼，还是被呵责粗鲁。带着母性神奇的觉察力，妻对他的数落细微到头发丝,而他也从未对她如此认同。他不敢呼吸,憋气到脸红,自觉关闭每个毛孔,生怕六十年污浊之气有一丝乱跑乱跳,沾染到小宝贝身上。小身体发出细微叹息,轻轻颤抖,像蝴蝶翅膀顺他耳膜扇进,他模糊走进一片原野,看见绿,漫天遍地的绿,河流一样溢在眼底,他怀疑被谁换了眼睛,将色彩纷呈换成单一。拨开藤蔓的围绕,他看见孙儿,细嫩、纤柔一根,缩在墙脚,伸手想拉想拽,不敢动,怕身体携带的气流将他伤害。他听见一声轻泣,如在天边,又在耳边,仔细分别,排除掉微风、细雨、叶片摇摆,在玉兰花隙间寻找,被又一声低泣惊醒。刚才似梦非梦,大概是意识流动,六十岁后,他再未拥有过完整的夜,频频走失的睡眠和不期登门的睡意两相抗争,总会揪痛他的神经。衰老来临,未来面目狰狞,没有什么能够肯定。他拧亮台灯,看见孙儿眼睛圆亮,泪滴像刻意抹上去,在脸上展露惊惧,孙儿用哭腔问着,妈妈到底去哪儿了?她还活着吗?她死了吗?

他恨自己疏忽。

一年前,在同样的夜晚,孙儿曾以同样的方式向他提出过疑问,其他小朋友的爸爸妈妈都住一起,为什么我的爸爸妈妈不住一起?

当时他有过慌张,几秒钟里想到几个世纪,无数男女,一组组数据,亲密合影被撕毁,男人女人的面孔变成黑洞,挂过婚纱照的墙上留下一块突兀的斑,这些残缺像尖利的刺，乱纷纷扎向毛孔、肌肤，他觉得被摁住一个开关，屏着呼吸，思想和记忆幻化为刃，体内游巡，压制了脏器运行，只余不规则的抽搐、抖动，像濒死动物最后的挣扎。但凭借六十七年的阅历和应对变化的能力，他很快稳住，问孙儿，你爸不是每天都在家吗？

孙儿回说是后，他又问道，你妈接你放学后不回家吗？

孙儿说，回啊，爷爷。可是他们不睡在一起。爸爸睡一张床，妈妈和我睡另一张床。

他笑了，捏起小脸拽了拽，让他放心，爸爸妈妈虽然没有睡同一张床，可在同一间房啊。想象一个场景，儿子儿媳交换过眼神，一个钻进被窝等，一个哄了孙儿睡，故事讲了一遍一遍，心鼓急迫，擂得胸怀澎湃。或许就是现在，在孙儿照例和老两口度周末的这两天。他也有过那般期待，年轻真好，荷尔蒙汹涌，天大事情，只需要一夜情深。夜悄然往深处去，孙儿气息轻稳，是真睡了，他将手伸过去，摸到一点潮润湿气，许是孙儿梦中仍有不安。幼时生活认知单一，些微小事被无数倍放大，等有阅历，就会淡定吧。又一画面闪现，焦急人变成孙儿，紧接着天下男人合体，黑暗中他兀自笑出声，像怕谁看见，立刻掐断念头。

次日儿子儿媳上门，他想起夜里联想，有点羞涩，好似窥视过二人隐私，同时有一丝揭秘意生起：有没有可能两人在演戏？两人笑盈盈，像时刻在摆拍全家福照片，一唱一和中，照着剧本有板有眼，台词圆滑如蝌蚪，在他的疑惑之河里刚露头，就曳起长尾隐入深水。他觉察两人都在向外输出，互相之间无交流，但语言属于多余物，活到他这把年纪，早识破它的诡计——越真实越会显现虚伪。他相信儿子儿媳被爱滋养，每个毛孔都冒着爱的泡泡，不会有幸福之外的其他可能。于是释然，告诉孙儿，爸爸妈妈很恩爱，也很优秀，像两颗璀璨星球，各自独立，运行规律，光芒势均力敌，谁也不在谁阴影下，谁也没有缺陷正好接纳对方的棱角。

他说，这样挺好，婚姻具有现代性。

这个道理没能治愈孙儿，他黑亮眼珠写满疑问，更多笃定，爷爷你说得不对，爸爸妈妈应该好得像一个人。

孩子煞有介事分析，老道得像活过一辈子。

他企图了解孙儿思考过程，现象到观点，原因到结果，深思熟虑的过程一定像过山车。孙儿站在世界间隙，一面温暖、明亮、阳光，一面寒冷、阴暗、潮湿，身心分割两面，在不能成眠的夜晚，他细心捕捉每个细节，有如被两种力量同时往反方向拉扯，高低起伏，抛上摔下，最终他认可了其中一方。想象被激活，他看见被父母精心藏匿的秘密，惊恐地睁大眼睛说，爸爸除了每周日回爷爷家一次，都不出门。爸爸在电脑前一坐就是一整天。妈妈说爸爸是透明人，是空气。爸爸花自己的钱，妈妈也花自己的钱。爸爸不跟妈妈说话，妈妈也不跟爸爸说话。

他再一次被孙儿逗笑，动用全部智慧向他解释说明，爷爷奶奶也各有特点，爷爷也和奶奶分房睡，也花自己的钱，也不喜欢和奶奶说话，这是婚姻的不治之症，在缔结婚姻那一刻就病入膏肓。跨越六十年年龄差，孙儿像他一样，国字脸宽阔，眉毛粗直，眼睛黑亮，当他眨动，让它呈现大脑快速运行时当有的频率，像成人一样稳重、坚毅。孙儿显然不喜欢这个解释，小嘴往下抿了一阵，挑起眉毛问，如果不喜欢，为什么结婚？他解释道，因为一切都会变。今天你喜欢乐高积木，明天或许会喜欢遥控汽车。孙儿却坚持认为不对，喜欢就是喜欢，不喜欢就是不喜欢。

　　他未能向孙儿解释清楚，人心之复杂多变是本能，加之大时代改变，任何人无法幸免。他没觉察到危机，更没干预防范，直至有一天，孙儿带着哭腔说，爸爸妈妈离婚了，就没人要他了。"离婚"两字太过具象，实在不像无端想象，他被电一击，创造更多机会与儿子儿媳见面，细致观察，未找到痕迹证明。两人仍是笑笑的、暖暖的，演戏一样的，终于引起他疑虑——太过单一不对，终日幸福不对，将情绪统统掩盖不对，五谷杂粮衍生七情六欲，喜怒哀乐都是人生主旋律。但很快他又恨自己多虑，人经不起这么分析，被皮囊掩藏的灵魂只有二十一克，却有人类无法看清的深与广。

　　心事如藤蔓疯长，越牵肠挂肚，越不能获知真相。

　　一天夜里，他变得很小很小，被一只巨手拾起，掷往空茫。他遨游于植物世界，被大片深绿、浅绿、新绿裹在一起，像进入巨大迷宫，艰难寻找，意图看到影像、画面，和被潜意识主宰的实形，然而什么都没有。四面八方涌动声响，明明在身边，却虚缈得无法辨析。最终他落进一片藤蔓丛，枝条茂密编织成牢，将他紧紧缚住。他四处寻找出口，因太过用力，浑身被汗湿透，眼睁睁看着它淌成河，水面一点点上升，很快溢至下巴。恍惚间他醒了，听见妻从隔壁房间起夜，细微水声遥似天远，却绕在身边，提示差异性，他在半梦半醒中进入，巢穴温暖湿润，饱含诱惑，他听任身体冲锋，突然被一个念头袭中：性向转变。潮水即刻落去，他被带离土地，进入虚空之境，抽象的、虚弱的、漫无目的浮沉。

　　他抱着"这就是答案"的笃定，换个角度试探。儿果然对此保有宽泛的认同，言词轻忽，表情舒慢。阳光正好透过窗户落在儿脸上，侧影暗黑，形成空洞，让他生出某种想象，画面饱满浓郁，热辣滚烫，有他道德体系里不能接受的种种可能。但"可能"属于虚拟词，越多"可能"，越诱着他朝向虚妄。他不得不再三压制，将深藏在意念里的种种"可能"涤除，过程反复，像歌唱家再三练习也不能突破的那种高音，总被一层塑料薄膜裹紧。

　　他被指引，在"肯定"与"否定"间摇摆，终至影响到日常。有一天他发现自己不能记得刚刚想要干的事，摊开两手，盯着掌心看了足足一刻钟，要从熟悉纹路里找出答案。又一次他远离城市，去往很远很远的林区，不由自己刨挖落叶，想把一层叠加一层的秘密挖出来，直到指尖疼痛。更多时候，他和往常一样，却早已神游天外，被看不见的力量拉扯至哀伤。没人觉察到异样，及时归来的意识总能将他拉回正轨。而他每被拉回一次，就受衰老胁迫一分，对未来忧虑一分，无法再对隐悬于内悬而不决的现状保持淡定。

他决定探明真相。

儿子说没什么原因，只是期望值过高，沟通不畅，感到厌倦。离婚有什么奇怪，和出生死亡一样，不是再正常不过的事情吗？

儿子漫不经心抬起眼皮，他看见自己。年轻时数次想脱离，一次比一次消磨锐气，好像有块磨刀石每天用力，把古老寓言再上演一次。最后一次发生在四十二岁，他终生记得老丈人的抖动，自牙齿开始，"噔噔噔""噔噔噔"，像马达被摁开启动钮，激活了浑身细胞，有节奏震颤。老人一边抖一边说，你得找个神仙，没人能满足你对女人的要求。随后是一个又一个男人之夜，父亲和老丈人异曲同工，动用古老智慧向他说明，女人的束缚陈旧，都挣不脱"围城"的窠臼。"可男人离不开女人"这个朴素道理彻底解开他的心结。现在他相信儿子要走老路，寄希望于传承，能照父辈的方式转变年轻人的心意。

他知道年轻人太过自我，都会有这么一个过程。他说，在儿子着意掩盖之处挑出缝隙，试图挤进时他感觉到抗拒，似乎那里生长着一蓬成精的藤蔓，他越用力，越会遭遇反击力。

儿子问他，是否想告诉自己，大家都走了同一条路，这条路就是唯一的、正确的、必需的？"儿子调用千军万马守护，不放他攻城掠地。

他斟酌语气，像下象棋预测三四步，并提前想好对策，希望把握对话节奏，尤其内容。语言有药物无法抵达之功用，他打算一步步攻心，说，凡事总有原因，你只需要打开症结。

儿说已经没有原因，只有存在，而存在就是合理。儿子漫不经心，几次三番拿起放下的手机，后来长在他手心。

他说问题出在你身上，人是人，不是气体，不能这么又虚又空。说这话时，他有点怒不可遏。他说人是群居动物，成天坐在家里不跟人接触，才会丧失人的思维和行动力。

儿说人没什么高明，等马斯克的智能机器人批量生产，人这个物种就更加一事无成。所以爸，你不用担心，等到二○二六年，我会购买一台猫女机器人，洗衣服做饭生孩子，她不会管我是不是打游戏，还会配合我打得更好。儿像调侃，更是一本正经。

这些领域让他无力。对于高科技，儿八岁就掌握的技能，他十年后才慢慢靠近，而又过十年，他仍不能安心使用电子支付、扫码验证，对可能的漏洞抱有老农民般的疑惑。他承认保守，对"未来科技"缺少应有的认知，也没有举一反三感知差异的能力。听到儿高谈阔论，他总有抵触，连自己的眼前事都处理不好，遑论改变世界宇宙太空？儿显然和他不同频，难得的对话中从头到尾硬邦邦，不像在微信聊天中，儿撒娇卖萌，老爹老娘叫得欢快，隔几秒就发送一个红艳艳的爱心。

后来他加大力度，经过细微到变态的观察，终是发现端倪：儿媳问，走吗？儿说，走！其时两人肩并肩，各自拿手机输入，接着同步起身，像接受到同一指令，一齐道别，一齐穿外套，一齐迈出门。又一次他们商量要不要给孙儿报特长班，他看见儿子和儿媳同时拿起手机，然后两人一齐说报班。惊觉两人都被网络摄了心魂，一个靠它续命，另一个也靠它续命，怀疑早在生子前，结婚前，相识前，两人就向它纳交了投名状，按照古老传统行男女之礼时，各自掌心也捏着手机，需要通过网络交流探讨。更可怕之处在于，一旦放下电子设备，面对面，两人就表现出冷漠，如面对陌生人，面对来自另一个世界的人，他们的双手不约而同绞拧，像上面成长着一块又一块苔藓，需要拔下来，拽下来，挖下来，对肉身的细微残害让他照见他们的不安。这一过程只会维持两三分钟，他只能再一再二，不能再三再四。

就在他研判形势，综合各方力量希望将两人劝离网络世界，面对面体味人的情感、人的温度、人的肉身时，一个令人不安的消息打乱他所有计划：儿媳消失了。

那天大寒，令人绝望的冷空气中滋长着世界末日般的气氛，事情即将结束，一年即将结束，生命即将结束，出于习惯等候在幼儿园门口时，他被这种情绪紧紧攫住，看见惯用的笔尖以逆时针方向缓慢移动，为一个句号闭合。然而笔尖没往预设方向行进，朝另一端拐去，偌大一个问号突现空中。雪恰在此时落下，大片小片旋转、舞蹈，地面很快盖了一层白。雪对世界无能为力，藏不了天空辽阔，也盖不住大地本色，只落了浅浅一点在树尖，他恨自己被蒙蔽，原来掌握无力，毕生经营的美满早在看不见的地方分崩离析，他必须填平抹净，借助古老传统。

铃声响起，小身体们穿着一模一样校服，由老师护卫挨挨挤挤出来，他一眼看见孙儿，移动得小心谨慎，胆怯羞涩，像是害怕脚步声惊扰到谁，他们准确地对接住眼神。不待走近，孙儿就说，我早知道我妈会走，她一定不会回来了。黑眼珠一闪一闪，又坚定又温和，他被震惊，问原因，孙儿说，妈妈想走，爸爸想让她走，她不走又能怎么办。

天灰蒙蒙，早早亮起的霓虹照着路面，薄薄一层雪已被踩黑，人包裹严实，只露两只眼睛，如同冰山只露一点尖角，他无法看见更多，身份角色，怎么回家，谁在等TA。雪被风裹挟，落在脸上有萧飒感，像小刀轻刮上去，他牵着孙儿走在雪中，像在一场戏里，冲突这么大，消失的儿媳彻底揭开幕布，露出凌厉和残忍，主人公如他，该如何面对此后的剧情。六十七年了，他一直生活在特定轨迹里，生活在前辈人画好的蓝图里，大学毕业，工作稳定，娶妻生子，也有过拐点、转弯，经受过挫败摧残，都不像今天这样动荡，他本以为人生最后路程也和普通人一样平坦，看得见墓地风景，从松柏树漏下的光线打在凭吊者脸上，泪滴久不蒸发。

儿仍在游戏。厮杀声放肆狂虐，他恍如做梦，披着沉重铠甲跨上战马，用尽力气搏斗，不一会儿累至虚脱，不得不依靠墙壁才站稳。儿是罪魁祸首，打破一切还如此轻忽，他正欲动怒，儿停了游戏，扶他坐下。时间无情，不知道什么时候生长起的沟壑，已经让儿显现出中年男人的疲惫。也许儿只是表面冷漠，他想，心生怜惜，想象儿在得知城池失守那一刻，惊慌失措又强作镇定，手执权杖立于城门，刀枪剑戟斧，钩叉鞭锤棍，十八般武艺用尽，仍然没能拉回她。

他说，必须找到她。你不是十七八岁的少年了，你是成年人，得对家庭负责，不能让妻儿受伤害。

儿半天不说话，兀自盯住某处，让他想起很久以前，儿新生之时，他手段用尽想博得关注，儿却始终不与他对视，将目光紧紧锁在屋顶。那时，清冷空气中正飘过春天第一丝暖意，燕雀打南方北返，翅子扇动气流，在他心里激起滔天巨浪，他发愿为这个小生命奉献一生。谁料半世父子缘，中间隔着珠穆朗玛峰，他无法跨越，无法看清，无法靠近。他等着一个扭转形势的承诺。久等不至，却在儿翕动鼻翼时看见一圈又一圈波纹，细微抖动，如此熟悉，像在镜中看自己。

他软下语气，一代又一代人，都会有争执，有吵闹，让一让就会过去。当年心事纠结，他靠这句咒语说服自己，其功用正如男人离不开女人一样。现在他耳提面命，想把儿拽进宿命轮回，让儿自觉清洗所有杂念，步祖辈后尘，承担男人所有使命。

儿说，我不找她，走不走是她的自由。儿子睫毛快速眨动，像要掩饰什么。也许揭开真相让他不适，精心藏匿的秘密被发现，屏障打破，软肋暴露无遗，但人护不住什么，也藏不住什么，就像雪迟早会融化，阳光万丈，足以让树木显露真形。他奢望这是假想敌，是无数剧情之一，没有意外，没有罅隙，儿和儿媳一旦步入轨道，就是永恒，他们会携手走到幸福，走到美满，走到结束，即便死亡也无法将两人分割，最后的墓碑上，他和她会以一体的形式被奠祭、被怀念、被后世追忆。但儿子显然不在意死后、未来，他对当下都漠不关心。他说，如果她想走，不管我怎么对她，她都会走。再说了，她走不走，去到哪里，和我有什么关系。

那孩子呢？我问道。

儿子说，该吃吃，该喝喝，我能管得了他什么？儿子说着就将手机扔进收纳盒。这是儿媳亲手制作，来自七年前，他能看见当时情形，儿媳低头编织，毛线和钢针摩擦，发出轻微吱吱声，欢快有节奏，如同未来之歌、希望之歌。收纳盒吸纳一切，包容一切，忍耐一切，如同一只眼睛，只是看见，更多看不见。

他问，那你呢？他的心被拽紧，被看不见的藤蔓往四方拉扯，枝叶肆意穿透肌肤，浸进血液，膨胀扩大，至极限，粉碎成尘。

儿子说，该做什么就做什么，又不是离开她没法生活。

雪兀自飞舞，行经窗户时留恋着转圈，像窥视，或轻语，水汽从除湿机缓缓喷出，悠散飘逸，轻浅的梦幻感令他窒息。他受到惊吓，一时清醒，一时恍惚，想起初见儿媳，白衣白裙，黑发长直，眼如黑水晶，耀动着未来和希望。儿和她谈了三年对象，修得正果才带回来，她笑吟吟地叫了声爸，眉目间全是喜悦，没有一丝今时今日的预兆。时隔八年，他仍记得餐厅播放的音乐，点食猪脑时妻嗔怪的笑，服务员白围裙上皱褶整齐，有一星黄色污渍，火锅冒着腾腾热气，白色纱帘被空调吹起浅浅涟漪。儿媳敬酒，一起递过来纤纤十指，指尖银白缀满星钻，溢出的茉莉花香通过酒杯传送到心头，令他多么欢喜。他恨自己轻敌，八年间沉溺幸福，一丝一线编织，未能觉察剧情改变。

雪落了七天七夜，关于儿媳的各种消息不绝于耳，最终被证实虚妄。没人知道儿媳去了哪里，也没人对此抱有兴趣。他试着寻找，寄希望她隐于众人当中，褐色披肩发像哪个漫画家随手画下，卷曲在肩上，雪光闪过瞬间，有一种透明的流质感，仿似巧克力、热咖啡，或者浓重中药，他竭力用物消减精神，不敢想象她眼眸里的暗流涌动。嫁过来八年，她总是平静，接纳儿子所有缺陷，如今看来这种隐忍多么残忍，她克制情绪，不发怒，不宣泄，不嘶吼，却爆发一场出走，将他煎在锅里。

等雪落，雪融，雪消，雪像儿媳一样了无痕迹，他停止寻找，再想起，隔世一般，只记忆里那些浅淡笑容，符号一样提醒他，但他选择忽略，没有一个人可以替代，没有一个人不可替代。他坦然接受变故，学会娴熟使用电子支付、扫码验证，接受快递、物流、外卖，并最终依赖他们。他知道时代不一样了，所有一切都在颠覆重建，婚姻、恋爱、家庭，熟悉的形式都在消融、淡化，一些尚未被他认知的苗头则越长越旺。

转年孙儿上了小学，时间紧张起来，他作为尽职尽责的家长，跟着两点一线，被小朋友和校园铃声不时带回儿时，觉得进入轮回之海，昨天发生的，明天发生的，都在现在发生，他重复记起、忘记，有时怀疑消失的人是自己，是自己在想象一切，而儿媳仍在原地，贤淑的妻，称职的母，家庭纽带，幸福保障，爱、被爱，陪伴、被陪伴，照顾、被照顾，接受、被接受，关注、被关注，认可、被认可，最终像尘世间所有女子一样，走完这一生。

他仍是睡眠不足，每天夜里，当喧嚣闭幕，世界悄然，他站立窗前凝望，视线穿越城市灯火，穿透每一扇窗，穿越每一具肉身和精心编织的屏障，希望看到真相，但终究落空，被隔绝的每一个人，都活得自我，不被人看见更多，或者只让人看到假象。他渐渐习惯视而不见，乃至当儿媳出现，竟有种幻梦感，难辨真假。

那天半夜，他受突然而至的口渴驱动，去客厅找水，听见细微的沙沙声，起初以为是落叶声，当风够劲，它们会斜着飘过来，撞到墙上、玻璃上，在屋角搁浅。或是妻，和他一样，她也在一个又一个难眠夜里忧虑哀伤。他屏住呼吸，最终确定声音自门外来，放轻脚步挪过去，猛地拉开门。

儿媳在那里。

孙儿的一双鞋被擦净，已放回原处。

隔着三米，另一扇门大开，灯火通明。

一墙之隔。

不用儿媳说明，他也能看见，房间空荡荡，不设电视、沙发、茶几，没有餐桌凳椅，一只矮脚几案，一只蒲团，被四面白墙衬托，有点孤清，独窗前一蓬绿植，无视季节地域，葳蕤葱郁，竟窜至房顶，垂下偌大叶片，手掌一样覆盖她头顶。儿媳说，我只想有个独处之地。她身影纤弱，面目清冷，像仙女下凡出尘不染，瞬间让他恍惚，情愿在看一场剧，所见所闻不过情绪，待曲终人散，大幕落下，一切就会回到原点，她还是儿媳，是他儿的妻，是他孙儿的妈，是一切美满幸福的保障。他叫了声妮，想说什么，嘴张开，空置了一会儿，又闭合了。所有人生经验变成空白，语言无能为力，怎么说都显得多余。

然而他没有说的话，儿媳听到了说，我离开他，才有再次爱他的能力。我离开，才有可能再次回来。儿媳像是将积郁于体内的一个大结解开，她长长吁出一股气，拢成一片烟雾，在他眼前浮浮沉沉，让他不知身在何处。他反反复复、前前后后想了很多，却似乎什么也没想，她絮絮叨叨、真真假假说了很多，他也一句没听见，他像被施了定身术，站在原地久久未动，直到一股气流突然而至，从天灵盖拍入他身体。告别时，他才发现，几案上不知何时燃起香，檀味浓郁，隐伴梵音，是《心经》，王菲声音空灵，好似手捻佛珠站在面前，盯住眼睛一字一句吟诵，字符入脑入心，径自体内游行，阵地攻陷，由不得想陷下去。

第二天起，他和孙儿每天在院子里运动一小时，故意将孙儿置于猫眼正对位置，希望一双眼睛能从看不见的地方看见，爱之炙热深沉，令铁门融化，红色铁水流动，能熔铸一种新的坚硬，挽回迷失的心。但有时，他会想到另外的可能，在那天，从他破译谜团那一刻起，一切又已不同。脚步匆忙，或从容。眼神散乱，或坚定。身影决绝，或留恋。他不确定，也没有再去探查究竟。

凭借记忆，他花费大量时间研究那株植物的名称、科属、品性，未获成功。直到有一天，他被味道吸引，循味找去，街角新开一家文玩店，掌柜热情，介绍镇店之宝，学名紫光檀，质地坚硬、密度高、耐久性强，因其木心黑，外皮白，又名阴阳木。他闻了又闻，不能确定。那夜受惊，所见所闻模糊不清，似是而非，似非而是，他再三回忆，越发迷茫，画面重叠画面，情绪复沓情绪，厚如幕障。他渐渐难以区隔，以为自己生活在儿电脑里，被儿操纵。

他能听见召唤之流汇入血液，血管里叮咚，也能看见它们流入每棵树心，随枝叶飘摇。它们有神力，能以隐秘不可见的方式嘶吼出声，像狮、狼、虎、豹，把坚硬得不可逆的围墙撼动、消融、化解，让阻隔于围墙之外的温情自由互通，古老的关于人和万物之间的情感能不受阻碍地发生。

更多时候，他选择等待。夜里他会去附近公园小树林，一棵树挨着一棵树抚摸，寻找梦与真的夹缝，相信树木掌握机密，有能力折叠翻转，让白天看不见的在夜晚显形，也知道林木比他懂得更多，已经发生的，未来发生的，都在此刻正在发生，人不需要惊慌，因为有一些东西，不管动物、植物、分子、粒子，抑或只是浅浅一丝意识，都在自己的运行轨迹里，渴求什么，遇见什么，改变什么，有它自己的宿命。

故事讲完，四人正好站在车前。山门巨大，訇然关闭，与人隔绝。人空怀怅然，再三再四回想，已似前尘。山中四日，仿若轻梦，被风一卷一吹，还复林中，林间幽深，不见一丝隙缝，只有树木哗然出声，不受控制轰鸣，传去远远近近……

灰鸟消失在尽头

我太久没去办公室，帮我把资料送回来的小王说，律所要搬去更高更大的写字楼，他遥指一个方向。我听见电锯喧哗，空间骚动，工人头碰头，脚对脚，石膏线装顶，瓷板砖铺地，装起偌大书柜、老板桌。那未经时光洗涤的新鲜之地，抗拒一切老旧之物。我从他眼里读出一句话：衰弱的眼光和神经一样，耽于过往。猜他一定惊惧于时间对一个人的捆绑。上次见，我还和执业证照片差别不大，头发乌黑，脸皮光亮，牙口健壮。我没办法告诉他，心魔比病魔疯狂，一旦被它盯上，恭顺、投降、遵循，都不够，需要交纳更多。

纸箱如巨大隐喻，从上往下白黑渐变，从下往上黑白渐变，中间地带是深浅不一的灰，盯久了有水泥质地，蹦起来钻进眼瞳，眼皮发沉。案卷纸页发黄，圆珠笔字迹洇开暗影，似黑洞等待记忆填空。我知道里面都有什么，也知道里面都有谁的人生。

我约林金明见面，对他说，戏到尾声，需要咱俩结论。

他说行，小城日新月异，最佳观望点还在西山公园。登山台阶九十五级,咱拼上老胳膊老腿。见一面少一面。

车马店记得吧?南城墙拆掉那年扩建,南北东西同时延伸,不再为牛马骡驴设计槽坑,都铺了水泥面,硬邦邦。铺了和没铺一样,三条班车线,出城就是泥坑,土从四面八方来,车马店倒像黄土集中营。那时闭塞,风从东刮到西,水从高流到低,都是统一路径。

很快松动,像一夜间发生。穿红戴绿不受约制,时兴喇叭裤、蛤蟆镜、烫发头,年轻人提双卡录音机播放邓丽君的《甜蜜蜜》。

回忆消耗体能,时分秒如齿轮参差,记忆互相纠结,时间空间人物场景,模糊不清,但有些画面越老越记得清。

你们戴家我只服两个人。

哪两个?

戴高乐,戴将军。

他愣一下,爆出笑,肩膀一耸一耸,烟头跟定颤抖。他抽烟含在嘴里,从左移右,从右移左,不影响发声,词汇烟气一齐喷,嘴唇不遮挡,露几只牙,焦黄不整,最先表露心情。

一九八七年六月二十三日,十时四十五分。一定有一双眼于万千凡人中挑中,让我和他——小城最著名的惯窃犯遭逢。他两根指头贴紧,沿我裤兜插进,像从面粉中夹纸,滚油里夹刀,出道前他被如此训练,技艺日益精进,自信别人无力察觉。专业和专业相遇，没有高低贵贱，他输给我。我转手扭住他，像老虎钳拧住铁丝。骨与骨错开，筋血分离，咯噔一声。偷到我头上来了。我捏住他腕子摇，像摇一柄利剑，一面锦旗，一道正义屏障，问他，你知道我是谁？

我管你是谁。

我专门为你服务，你却偷我？

律师证簇新，阳光炙出红光，他不怕死盯住，说要杀要剐随便。说完大笑，声音不由嘴巴发出，从铁匠铺出来，生铁投入炉灶，火苗伸出巨舌噬舔，红铁躺上石砧板，两把铁锤轮番砸下，又沉又重。哈—哈—哈。

他到底服软，请我去东门头吃饭。

天突然昏暗，黑云遮堵太阳，平地起风，癫狂暴烈，裹轻薄之物起飞，拔不动的，猛烈撞击。石子、树枝、烂鞋底轮番砸向玻璃，咣当咣当。我摸着灯绳，拉一下，没反应，一拉十几下，灯绳拽在手心，店内黑咕隆咚。一记重拳，玻璃破开大窟窿，邪风扫落饭菜，卷起来抛掷半空。我们被逼进墙角，眼睁睁看它穿堂而过，放肆抢劫，疯狂掠夺。

隔了一尺远，戴将军颤如灰鸟翅膀，念咒般轻吟，黑皮呀，黑皮呀，黑皮呀。我说黑皮冤枉，是给毛六指背锅。他说这才是义薄云天真男人，侠肝义胆大丈夫。我说黑皮就是个傻子。他说不，为了毛六指，谁都舍得下命。灰鸟破窗而入，绕屋盘旋数周，一个斜刺飞出窗口，像时间无法把握，一点点远离视线，消失在尽头。戴将军一眼一眼看过来，似一道一道闪电，烧灼我的心。

两千米外，南门城人山人海，毛六指驾牛车由远及近，驾，吁—吁—吁，停。跳下车，给众人散烟，说代表家属来，坟墓挖下一丈深，现打了清凉山上一棵松，棺雕七龙八虎双狮双豹，栩栩如生，黑皮"死得其所"。众人唏嘘，有人追问，到底谁杀的。毛六指说，咱听政府说。忽然人潮汹涌，叫唤来啦来啦，让出一条通道。武警实枪荷弹，四处散开，脸朝外围成警戒圈。法警提黑皮下车，绳在项上缚紧，绕胳膊两匝，朝后一背，结结实实一个死结。白纸黑字"杀人犯"挂在胸前。黑皮跪在沙地，小战士端枪瞄准，毛六指高喊三声，好兄弟，一路走好！

　　子弹从黑色枪管近距离射击，击穿后脑勺，在虚无里化形、留影、铸魂，它与黑皮身体接触三秒。一，二，三，结束，分离，各自归属不同物别。作为象征符号，它们被赋意，指向毛六指的神秘疯狂，以及众人集体体认到的宿命般的生命走向。

　　你一说我想起来，当年枪毙人，都经南门出城。小城没消遣，公告一贴人传人，轰动半座城。老百姓看毙人和逢集赶会一样，早早守在荒滩，人挨人，人挤人，脑袋碰屁股，胳膊挨大腿，都怕看不清。现在想起来残忍，刀枪棍棒都一样，肉与肉共情，施予他人就是施予自身。你信吗，那颗射击黑皮的子弹，多少年一直留在我身体里，心肝脾肺肾空阔，它任意穿行，扯拽脏器让我疼。

　　和毛六指一样，命运是编剧，善于掌控。

是啊。剧场解散前，我跟他学写戏。我说戏只是戏，做不得真。他说不对，戏如人生，人生如戏，是戏就需要设计，情节、结构、关目、宫调、曲牌、文辞、声韵，一个眼色，一个起调，你入戏了，才能入别人的戏。后来我才想通，我们都在他的设计中。黑皮演的是忠肝义胆、大义赴死，毛六指只用一句话就颠覆剧情，他说除了我，谁肯去拉？又费力又费神。那以前他放出话，给十万，把老人当亲爹养。戴将军不该偏听偏信，以为得遇良人。

人总懵懂，分不清是非、黑白、对错。现在看着小城，画面轮流切换，像电影蒙太奇，物理空间固定，一个镜头转折，对比联想呼应。黑皮是隐喻第一层，你是第二层。那一年四目相撞，你俩轨迹就此交叉，被同一股味道役使，走向各自的命运。

上午八点半，广场饭店煮疙瘩汤，师傅拿铁勺烧油，等油滚，葱花撒上，嗞啦一声，喷香。戴将军嫌老孙造假，说，饼子越打越小，越来越薄。老孙不承认，挨着秤，个个三两重，拉住戴将军让他赔情。五百米外，车队装配齐全，两辆偏斗三轮警用摩托车，一辆"212"，一辆军绿色解放牌大卡车，哈巴狗戴手铐站在上面，旁立两名武警、两名法警，驶进看守所。

过了几天，戴将军在车马店摸兜，被人一招锁喉，拎进看守所。我替他办完取保候审，去东门头吃老刘。饭店一半埋在土里，要下十几个台阶，他下一步抖一下，我问咋啦，他说能咋，高兴呗。我骂他张扬，当官风光，考状元风光，没见你坐个牢这么风光。他被一种情绪牵扯，一口干掉一大杯酒，地道高粱醇酿，入口绵香，比二锅头顺嘴。他让我带他去看哈巴狗，我说谁？你知道哈巴狗给谁干活儿？为谁背锅？替谁坐牢？毛六指！谁要跟着他，谁就是必死之人，和黑皮一个下场。

戴将军不信，哥你一定得带我去见他，哈巴狗才判三年，一晃就过去了，我不见到他，就没机会认识毛六指，我不认识毛六指，就没机会堂堂正正活个人。我说你不犯浑就不会死。他盯着我看了半天，知道我为什么叫将军吗？小时候我叫军红，戴军红。有一回老师说不想当将军的士兵不是好士兵，我就给自己改名叫将军。以后谁再叫我军红我就跟他急。将军是什么？以前想过没见过，进去一回才知道，哈巴狗就是将军，毛六指就是将军，我想当将军，就得跟他们认识。不管怎么说，你得带我去见他。

不提这一节我差点忘记，曾有过这么个绰号。信任是双刃剑，越忠诚，越展示缺陷，让他有把握拿捏。当年毛六指就在这里，当时只有烈士陵园，清明节扫墓我们才来，他电视演讲滔滔不绝，圈子绕出去那么远那么圆，烟幕弹重重又叠叠，抛出核心让我猜，气氛营造到最后，是我迫不及待表白，我替你。当年是现在就好了。语言漏洞，逻辑缺陷，相互披露揭示展现提醒。可惜年少懵懂。人需要时间才能锻炼出火眼金睛，非但能貌相，还能貌言貌行，一个眼神就洞见真相。

是诱惑让你心甘情愿,毛六指封你为二把手,管理兄弟,利润分成。看守所墙缝里,你塞进去太多烟头,直到老房拆掉才得以清理。这种特权,足以威慑像戴将军那样的无名之辈。

也可能只是吸引。戴将军是被逼迫吗?没有。你最清楚,是他主动靠近,将一颗心掏出来展露赤胆忠心,逼着毛六指承认,他是可用之人。说起来,我们都一样,一点一点织成网,把手柄递给毛六指让他拉紧。毛六指固然可恶可恨,原因却都在我们自身,我们是自己的因,就承受自己的果,因果报应,没什么可说的。人得接受自己的命运。戴将军和我都一样,身处危船,还以为是巨轮,不屑被营救。现在回想,他为啥改名,期望有大风大浪、百转千回的人生,放在战争年代,他一定骁勇善战、奋不顾身,有孟子引领,他一定仁义礼智,性善为先。可惜他生错年代跟错人,以为毛六指的侠肝义胆是他认为的侠肝义胆,狱中十八年他一定想通了,同一词汇会有不同衍生,要看主观动机,看立场态度,看别人把你放在什么位置。

戴将军本来有别的可能……

那天我和戴将军在街上玩,偏斗三轮摩托车如同驾乘飞鸟,滑翔过城镇街道、农村公路,前面有人,就摁响喇叭,让它吱哇乱叫,把人赶跑。路上没人,也高声大叫,让开,快让开,鸡鸭猫狗四处乱窜。他说过瘾,真过瘾。哥,你让我骑会儿。哥，咱们玩高难度，你跨过来，骑好了，别让车停。哥，我要带你看个人。

我们倚靠电影院栏杆，裤腿被风鼓胀如两只膨大的猪尿泡，他连打三声口哨，说她来了，你快看，你快看。

她眉眼好看，身形别致，一股香味。戴将军一路尾随，坐在右手边，动她。她站起，啪一巴掌，喊了一声，流氓。人们一下子围了过来，趁乱掐打，保卫科问怎么回事，你叫什么名字，有没有工作，他摸你哪儿啦，摸到了吗？没摸到你大吼大叫干什么。红霞说等摸到就迟了，差一点就摸到了。有人打哄，摸摸怕什么，又不少块肉。戴将军手一指，你他妈闭嘴。保卫说你俩认识吧，她抓你流氓你还替她说话，戴将军说她是我对象。众人说没意思没意思，嚷着关灯关灯，快放电影，这可是《芙蓉镇》呀。

音乐水一样泅开，湘西小镇的风吹皱影院上空，如精灵飘然曼舞。戴将军盯着红霞说，哥，我心里毛茸茸，痒得慌，我要跟她搞对象。

我说你疯了？她在供销社上班，城镇户口，住河渠街。

那又怎么样？我搞对象，跟她干啥、住哪、是不是城镇户口有关系？

你以为对象是一股风呢是月亮太阳呢，不管你有钱没钱，有房没房，有户口没户口，一样吹你照你晒你？

没错，他对着我耳朵说，对象就是这样，观世音菩萨也这样，九天圣母娘娘也这样。

电影散场，灯光亮堂，戴将军挤到红霞跟前，叫她女朋友，我送你回家。红霞说你有病啊，起开。他不起开，跟上去大声喊，我爱你，我一定要追到你。如果你结了婚，我就把你对象打死。如果你爸妈不同意，我就把你爸妈打死。如果你不同意，我就把你打死。

天上生着霞光，一群灰鸟振翅飞翔，以不规则的形态把天空分割成一绺一绺，映红半座城，他穿喇叭裤，二股筋背心卷在肚脐以上，衫子搭在右肩膀，一耸一耸走路，像只瘦猴，却气壮如牛，眼神决绝——红霞我爱你。我爱你红霞——像宣言、公告、男人对抗世界的信条。一条街全听到了，半个世纪也听到了。

红霞十七八岁，身子没长开，对谁都绷脸。独戴将军有本事，让她笑，把她塞到二八大杠自行车前面，一路骑到青塘镇、正觉寺、清凉山，成片成片野花野草，他不停采，录音机绑在自行车后座不停唱，红霞傻乎乎，笑啊笑啊不停笑。

这事当年轰动，穷小子爱上富家女的烂俗戏码。据说红霞爹妈报了公安，人家不管，法律没有禁止性规定，谁也不能限制人爱人。她爹妈广泛动员，媒人排起长队，红霞谁也不见，有人受了拒绝，心态不平，四处弹嫌，说有对象了不纯洁。小城人就这样，都顶着祖宗八代出门，都是亲上亲绕弯亲，人还看人不顺眼。

戴将军以为铁板钉钉，可红霞像个梦，时远时近，时怨时亲，他没耐性等。

喂，戴将军走进供销社，打招呼。红霞笑一下，没回话。再过两分钟下班，她把剪刀收进抽屉，布卷收拾整齐。他等着。

一个青年从光里进来，蓝裤子白衬衫，头发一丝不乱，像剪影朝柜台里探，给红霞唱，莫道女儿娇，无暇有奇巧。戴将军一拳砸过去说道，滚远点，这是我女朋友。红霞急喊，你干吗？要从柜台出来，他拦住，她朝左，他就朝右，她朝右，他就朝左，僵持了一分钟，她说，你滚开。他说，你当真？当真！你别后悔！我不后悔。供销社幽暗无光，唯一开着的门扇被十几个人围堵，微微一缕光照在红霞身上，硬邦邦。戴将军说好，我马上结婚，以后再不找你。那最好。她没表情，声音像地底发出来。大群灰鸟栖在枝头，不可逆转的时间静静流淌。他愣了一下，啪啪啪连抽三巴掌，她没动。他摇晃出门，天光太亮，刺目照着，他说自己死了一回。

第二天戴将军娶了小芹。

我才知道，他八岁时黄河发大水，家被冲光了，爸被冲跑了，妈嫌日子苦焦，跟外乡人跑了，后来找不见那人，在城里讨吃，认了个干女子。热窑热炕一家人，就缺一个他。

我替他遗憾，小芹不如红霞，丑邋遢，揣一把瓜子，嗑得皮壳乱飞，走哪儿嗑哪儿。

戴将军说，米汤馍馍养命，风花雪月养心，人和人不一样。

我又替红霞遗憾，可红霞也说没啥。

有一天我带老娘去扯黑色灯芯绒。半下午，阳光照例穿不透砖墙，供销社只一扇窄窗闪一点光，红霞坐在昏暗里，一只小灯泡斜在上方，切一条光在脸上，亮晶晶闪。她看见我，站起来笑。我问她后悔吗？她说没啥可后悔，但心疼，一想起他结婚了，心裂一道缝，来不及缝，又一道。她说我爱的不是他，是爱情本身，可惜那个东西，我在别人身上没碰到。没关系，什么都会变，今天的到了明天不一样，上午想要的，晚上就忘了。人活着不能得到什么，也不会失去什么。说着话，她尺子量够数，布幅对折各剪一刀，吱啦撕开，纤维沾上嘴唇，她呸一口吐到地上。

谁知道呢，年纪越大，越看不懂人。

听说戴将军闹出的动静很大，当时在供销社的人没过一小时就把消息传遍全城，大家都叫好，风流倜傥，玉树临风，品行端庄，你戴将军一样不占，长得不像话，活得更不像话，红霞图你啥。后来戴将军在东关市场开录像厅，红霞一整天一黑夜把门，不交钱不让进，天王老子也不行，又让全城人气愤。

戴将军说她来那天，马尾上扎一条白手绢，棕色格子裤，蓝牛仔衣，站在录像厅门前，说咱这破地方，什么都没有，电影也不行，《妈妈再爱我一次》演了几十遍还在演。录像是什么？戴将军说跟磁带一样，香港人把电影灌到里面，什么时候想看什么时候看。今天演什么？你想看什么就演什么。她看一场又一场，哭一会笑一会，一会哭一会笑。他心里长起刺，朝四处扎，筋骨肉疼，想起她让他抱起转圈，电影就这么演,天旋地转时一片空白,只有爱。想听她说,你滚开,往前靠靠,又远了。如梦如幻月,若即若离花。认识红霞以后,他也爱上电影。红霞说,我给你看门,你让我看电影,两不相欠。看一场一块,五块一天,十块包场。小后生头发中分,挎着小女人,一坐一整天,你要《赌神》,他要《监狱风云》,还有人摸黑乱亲,被别人争风,一言不合就斗气,提起凳子满场追。红霞没来以前,戴将军总慌张,又守门又看场子,分不开身。现在好了。

  你记得清楚。得了胃癌后,我试图回到从前,发现除了照片,没有更多途径回去。过往如风,总是肆意牵扯方向。与此同时,记忆不许我自行选择履约时间和方式,它总在揉捏,像勤勉的纺线工对待棉花,撕开、捻动、塞进纺车,嗡嗡嗡,缠在线梭上。我被它带上一辆回忆列车,高速低速,匀速变速,没有时间空间,没有过去未来,没有昨天明天,什么都没有,一片空,一片白,一片虚。

  这事我忘不了,它在我心里打着结。戴将军坐牢十八年,是红霞带着两个孩子探监,把"奶奶死了""妈妈走了"的消息带给他,同时带回"好好学习""听姑姑话"。语言不会影响彼此,他仍旧身在牢笼,而她继续顶门立户,履行监护人义务。有时我想,她才是最侠肝义胆的那个人,从唐而来,宋而来,元明清而来,在无数人身边停留历练成长,同时携带过去、现在、未来,又同时湮灭过去、现在、未来。

  前几天我见过红霞,网络红人,说三弦书唱民调,粉丝一百万还在涨。她这种人,天生有故事,一百年才生一个,可惜戴将军没这命。

毛六指不愧是编剧,一个故事还未结局,一个故事已在架构。那年你出来他替你接风,不是感恩感谢感动,是继续拉拢。

你走进录像厅带来一片铿锵,手下十二人赤膊、文身,长二十四道冰冷目光。他们巡走一圈,所过之处,看录像的人如遭洪水冲刷,哗哗流淌。二十平方米的地界充溢烟蒂、瓜子壳、废纸屑,霉味、汗味、荷尔蒙味。你坐在前排木椅上,糊窗纸漏一道缝,一缕窄光照着你,像佛光:好兄弟,毛爷让我来接你!戴将军心里乐开花,从眼睛鼻孔嘴巴耳洞探出来,再见,录像厅。再见,纸上谈兵。我要去往真正的江湖,忠肝义胆,一诺千金,行侠仗义,世道人心!

二十九岁,太年轻了,被表象迷惑,没有戳开浮沫的能力,看不懂被语言遮掩隐饰的巨大陷阱。

你给戴将军示范,铁棍往车头一点,司机嘎吱一声踩了刹车,你蹬上脚踏板,拉车门,拉不动,一棍敲碎玻璃,将司机从驾驶楼拖下来连砸十几棍,你说别人都给,你脑袋硬你不给?老子让你不给,让你不给。你打累了,把棍子递给戴将军,让他接着打,往服里打!

戴将军提棍就砸。炭是全县人的,矿主矿工挣钱,买卖运输挣钱,兄弟们不挣两个,风吹雨淋图什么?他说谁他妈不是上有老下有小,一家子人等吃喝。司机四处躲闪,求饶说我第一次来,真不知道,我给,我现在就给!现在给?迟了！早干吗去了？提棍又一顿猛劈，不知道过了多久，打了多少棍，太阳西移了几分，他醒过来。面前没有人，只有扑起的灰尘在眼前迷蒙，待散去，黑血里躺满人。你哈哈大笑，好兄弟！

矿区设三道关卡，他骑"嘉陵250"摩托车，每天从一关纵横到三关，手下二十几个弟兄，无不服从。

爽！

真爽！！

"独眼龙"不服，率"八大金刚"近身，他说这块肥肉你们吃饱了，该让出来了。戴将军冷眼瞧他，让不让，老子说了算。一声呼哨，"独眼龙"退后，"八大金刚"逼近。他下令打，手下一众扑上去。时值黄昏，西边一色血红，几缕流云自空里盘旋。他打得急眼，从后座抽出一把长刀，吼众人让开，挥舞上去，九人一路退后，他单跟"独眼龙"，追上了，长刀架在脖子上，说道，你他妈有本事，就再来！

矿区三年，地盘结实得像百年老槐。

画面逼真，棍棒、刀械声向旷野四散，回音自空谷传回，遥遥有如天边，切切又在眼前。戴将军想象自己在电影里，旁有美人双目流转，英雄气盛，长刀如入无人之境，所触之处热烈奔涌，青春、梦想、激情、向往，被画面详细记载，十年二十年重播，仍能看见豪情万丈。戴将军不顾一切冲锋，待觉醒，眼前只剩纯粹的白，或黑，空无一人。眼前只剩纯粹的白，或黑，空无一人。

当年并非戴将军一人卖命。香港电影流行,一批人自愿随从,学古惑仔让毛六指淬炼,烈火钻几回,冰窖死几回,狼一般凶狠,双眼闪绿光。后来我才知道,被人劫财的控诉像洪流,早就把我们钉死。政法委书记批示,公安开着北京吉普"212"全城逮,见一人逮一人。他们口供一致,推得干净,受胁迫,受威逼,钱都给了戴将军,或哈巴狗,或毛六指。只有我和戴将军幸运,或愚笨,跟着他千里逃奔。

毛六指不会只身逃命。他太会拿捏,知道江山再起还得靠人。

这话不假。南方三年,有个重要人物改变了他。他走路像水上漂,不像脚走,是被力托着,稳稳送上席;说话不从嘴巴发声,是一字一钉,天上稳扎稳打下来,人心里生根。毛老板呐,世道不同了,得搞钱。我猜毛六指一定在当时就写好新戏码,我和戴将军,一明一暗,黑白灰,起源、发展、高潮、结局。说起来这是他的局限,戏编久了,只看到几幕几场,看不透事态复杂。那年黑皮冤死,子弹射进脑袋后风刮起来,昏天黑地。这是老天爷看不过眼。他拉着黑皮,一路走得艰难。他不懂反省,人不能逆着良知逆着天,不能总把人当演员随意编排。

所以红霞也在设计中。照原定剧情,红霞最好在那个时候就背下罪责,把事情画个圆,给他一张白纸重新落笔。

戴将军进矿区后,红霞接管录像厅。晚上放那种电影,小青年身刺"忠""孝""亲"出入,有人攥着问,红霞也看吗？戴将军和她一起看吗？不知道。不断有人造访，送来铁棍、石头、油漆、动物尸体，把在矿区受到的惊吓加倍奉送。历练多了，红霞胆识见涨，以石还石，以棍挡棍，有一次还把油漆桶抢在手里，泼了人一头一脸。

一九九三年中秋节前，戴将军驾黑色"桑塔纳"停在市场，摇下车窗吼，红霞，你出来。人们离得老远。打月饼的老张正将炉子捅旺，加入一锨炭，他说戴将军连吼三声，不见回应，下去踹。红霞方出来，你要干什么？录像厅你关不关？你送了我就是我的，关不关与你何干？她剪短发，嘴唇涂红，像烧着一把火。戴将军说你关也得关，不关也得关。

进门，捞起桌凳，噼啪乱砸，门里飞出板凳腿、录像带、遥控器，最后抱出电视机、录像机，砸得稀巴碎，要放火烧，火苗闪了几闪，没成器，灭了。他狠踹几脚，指着红霞说，你给我听好了，你敢再开这录像厅，我要你的命。余音震荡，一只灰鸟受到惊吓，不顾一切朝前逃飞，抖落的两根羽毛在空中飘，第二天才落回地面。

戴将军走后，供销社被推倒，建起五层高楼，让原先在广场扯布卖衣服耍小把戏的进去，本地人还在观望，早有个外地人进去转了一圈，打电报让速来。小城加速度，东西城墙拆掉修路，宽，再宽，南门往南，北门往北，扩，再扩。城里一片洋气，说洋话，喝洋酒，穿洋衣。

红霞烫张蔷那样的爆炸头，穿黑色露脐紧身衣，红色喇叭裤腿中间开一条缝，露大半条腿，在宾馆宴会厅唱着。我的爱，赤裸裸，我的爱——赤裸裸。她一字一字唱着，摇头晃脑，听得人心疼。唱了三年，戴将军来了，尖叫红霞，把塑料花送上去，被她一甩手扬下台。他起身跺脚，旁边人闪开，遥遥递眼神，等他虎啸龙吟。然而他走了。没几天，霞光歌舞厅开业，红霞坐在里面。

广场被红色填满，竖幅、气球、花篮，十几人用棍子挑鞭炮同时点燃，磷火硝铵燃烧，散发浓郁味道，人们堵住耳朵，小心避让，又不住张望，期想更大响声。整九点，一杆唢呐吹出长音，六班军乐齐鸣，奏的是《运动员进行曲》。众人在戴将军陪同下雄赳赳气昂昂，广场上站定。先剪彩，后讲话，异口同声，霞光歌舞厅吹响了文化春天的第一声。

天上一丝云没有，湛蓝湛蓝。旋转灯球晃来晃去，把人割成一截一截，有人登台唱歌，台下伴舞疯狂扭身子，偶尔几声嘶吼，憋不住。人就是这样，被风浪掀卷前，浑然不觉，待觉到，已是万丈悬崖。

一九九九年十一月十六日，县公安局的人同时踢门，从霞光歌舞厅拉出十几个衣衫不整的男女，让一字排开，蹲在地上，十指交叉抱住脑袋。与此同时，戴将军被敲门声惊醒，问谁，对方回答公安局的。枪栓同时拉动，隔壁黄狗狂吠，喜鹊哗啦啦四处逃窜。下着细雪，世界一片白茫茫，只有一条黑道通向更黑处。

警车从西山下行，城市正在苏醒，千门万户亮灯，如同一只只探照的眼睛，它们替毛六指见证，通过戴将军，将罪行清除干净。戴将军双手交握，不停用力，如空拳出击，一拳又一拳，只能击打到自己。细雪纷飞，警车缓缓驶过广场，霞光歌舞厅被白底黑字的细长封条交叉贴了十八条，糊住大门、小门、格子间的门。

戴将军说，这笔账我背。

我去看守所看他。气象怪得很，一会晴一会阴，像谁拉着灯绳。我说证据齐全，某年某月某日某时某分。物证、书证、证人证言、视听资料，都指向歌舞厅。毛六指把资料做得这么扎实，就是让别人替他担责。我说必须有人死，人死了这笔账才有主，才能一笔勾销。记得黑皮吗，一九八七年他冤死，就是替毛六指背的罪。他毛六指惜命，惜的是自己的命，不是别人的命。自己的命自己珍惜，别像黑皮一样，等到临死才后悔。他说我知道自己有罪，五年前我就知道了。我是毛六指的一颗棋子，只要这盘棋动着，他迟早得把棋子贡献出来，黑皮是，哈巴狗是，我也是，他不会给我留活路。我说歌舞厅老板是红霞，只要你咬死不承认，我给你辩个无罪。他说，不可能。从看守所被电网覆盖的高墙望出去，一片昏暗天空，一只灰鸟不知疲倦扑扇翅膀，落上墙头，被电流一击，迅速离开。轻微的战栗的疼痛伴着羽毛烧煳的味道，我的心烙开一个窟窿。

二〇〇〇年，戴将军犯抢劫罪、故意伤害罪、组织卖淫罪、贩卖毒品罪，数罪并罚，判处有期徒刑二十年。

这一次毛六指拿捏失败。照他设计，红霞是层皮，蜕去后再组织再培养，他的核心还稳。现在戴将军舍下身，相当于釜底抽薪，他再无屏障。收到消息时我们在一起，服务员端一条糖醋活鱼上桌，鱼嘴翕动，像在唐古拉山巅被扼住气门，氧气稀薄，手脚麻木。他解开扣子又扣上，不停权衡：干不过他，就会被他干掉。在此之前，他表现强硬，从未有过惊恐。

人有一千次因为同一个理由选择，他提醒自己，一千零一次的时候避开，可固定的逻辑思维命令他到下一次，仍旧只有同一种样态。在这个层面，语言适得其反。戴将军早就知道，毛六指是剧场编剧惯于虚拟，他说东一定牵扯西，或者南北。理论上，这很正常，地球浑圆，人心迟钝，都活在未知里，需要一束光射中。戴将军计较的并非浑圆本身，而是某月某日，不得不把浑圆切开时，横截面上只有气泡。戴将军对此心知肚明，也许从第一天，他就看透了毛六指，替他想好对应。他只是在等，等毛六指突破本性，等他改变剧情。毛六指不懂变通，还活在自己的逻辑里，最终把路走尽。

那之后他得了心病，夜夜做噩梦。为求自保，他在西山别墅养了八只藏獒，都长硬毛，摇晃时像摇一身尖针。他无论如何也不会想到，有一天这些畜生反常，一口都不吃。我以为它们生病，让著名兽医挨个扎针，过了两天，才正常了。后来我让人把狗肚子刨开，什么也没找见。

听说他算计好时间，要出国。

因为我儿子结婚他推迟了两天。这是原因，是根本。我俩同一口锅舀饭，对一个瓶嘴喝酒，过命的交情。我一辈子信他，对他忠诚，他死后身边只我一人，我替他顶账、还债、收尸、埋葬。

戴将军最终死于情义。命运到底比他高明。

前去赴约时我意识到记忆和城市一样，更新换代迅速，需要从深海不断打捞。我能想起的戴将军，还是刚认识的戴将军，还在那条街上，无处不在地晃悠，不是喊着红霞我爱你，就是叫嚣着老子怕过谁，每个字都跟他一样，经钢水淬炼，带有标识，它们会变戏法，悬浮于戴将军头顶，以掌相击，啪。他变了模样，如果不是事先约好，我不敢相信。尤其眼神。狱中十八年他一定每天把眼光抽出来打磨，把经不起评价检验的部分粉碎，填补向核心，涂抹、挤压、夯实，密度越来越高，剑身越来越细，剑刃锋利，一旦刺入，分解、变形、激发，千千万万把利剑挥舞，尘归尘，土归土。

四方菜馆是原来的东门头饭店，老刘人更老，身子矮胖，脸色红润，他在吧台后一眼认出戴将军，撵进来包厢，说看见你们就想起当年，人都跟人交流，不像现在，不跟人交流，跟机器交流。不解决人的问题，解决机器的问题。戴将军两只眼袋极深，似装满木炭，目如火炬，他将一杯酒自天洒去，口呼苍天在上，说所谓快意恩仇，侠肝义胆，不能只是电影里有。众人心中都有神，有上帝。

我说你别喝了二两胡说八道，出来了要适应社会。人犯一次两次错是无知，再三再四就愚昧。

老刘说照你这个想法，我一出生就受穷，输在起跑线上，我一辈子低三下四伺候人，社会不公平，我该杀了来饭店吃饭的人？

戴将军再没说一句话。

我恍惚做梦，一杯一杯喝。好似那淡黄色液体从三十年前的瓶口倾出，我们仍是青春年少，有无数可能面向未来，我还有机会将这个年过半百、头发灰白的男人引至正路。温暖光明，如盛夏七月的一轮骄阳。我喝多了，趴在桌上睡，等清醒，只剩我一人。下午四点二十分，厨房封了火，只留一人值班。距离下一个就餐高峰，一个半小时，饭店前后门敞开，门洞内外空无一人。

第二天，徒步爱好者在西山顶发现一具奇怪尸体：全身赤裸，头埋入裤裆，四肢缚在一起，吊在树上。法医将他解开，发现内脏被割掉，胸腔空荡荡，有蚁虫蠕动。山风吹来，松涛怒号，尸腐味散开，气氛诡异。与此同时，戴将军走进县公安局大门，告诉民警，我杀了一个人……

现在想，应该在我和毛六指见面之后。他还是输给自己的性情，真戏也好，假戏也罢，真戏假唱，假戏真唱，真真假假，假假真真，他需要给这出戏结尾，给主要人物一个定论。

　　慈悲不是出于勉强
　　它像甘霖一样从天上降入尘世
　　它有双重福佑
　　它赐福于施予者，也赐福于受施者
　　它有超乎一切的无上威力

比皇冠更足以显出一个帝王的高贵
……

演员独白，毛六指跟着轻念，光在他脸上斑驳晃。有几次我看见他擦眼睛，长睫毛盖住眼窝，使之更加深邃，他毫不掩饰喜欢，像孩子一样端端正正，眼角闪着点点光。他一定想象到观众反应，开始抒情，他说，人都有缺陷，勇于承认不足，弥补不足，善莫大焉。对错界限不分明，黑白互相渗透，彼此交融，都会变成灰。不能因为我犯过错，就剥夺我对的权利，也不能因为我恶过，就否认我的善。一码归一码不是吗？

话到动情，他起身一个亮相，又接着说，自古说，兵来将挡，水来土掩。戴将军何足惧哉！晋剧念白有款款的韵律，我想起初次见面，他唱三花脸，八字眉，八字胡，三角眼，鼻头抹得通红，舞台上插科打诨，人看不清他的真表情。后来改行编剧，他喜欢的是大起合，大转折，大气魄。

就是这稍微的情感松动，一念之间的感性，要了他的命。

他跟我说的最后一句话是你终于入戏了。人生如戏，戏如人生，各演各的宿命，各有各的剧情。伟大的莎士比亚说，月光明亮的时候，我们就瞧不见灯光。

戴将军执行死刑后，红霞给我送来这封信。你闻，它有戴将军的气息，特有的，燃烧皮革、毛发的味道，浓郁，沉重，像被时间和空间双重滋养，包了浆。皂粉、洗衣液无力清洁，一经打开，就迅速统领，时间空间失去意义。只有沙哑如被砂纸打磨过的声音从信封涌出……

张律师，我的老大哥：

我后悔了，我真的后悔了。我后悔没有从一开始就听你的话，还记得你介绍我去一家公司上班，我嫌工资低，又累又脏，如果我一直在那里，结果不一样。现在我就要死了，我不怕死，我从来不怕死，但现在我不想死，我还有很多事情没有干。

后来我才知道，黑皮被枪毙那天也后悔了。他用小树枝和沙子把脚镣锁眼堵死了，他以为这样就不会死了，他真傻，现在我才觉得他傻，他为什么跟着毛六指，为什么替毛六指背罪，为什么？就是活腻了，找死……

我问红霞，为什么信没写完。

他还能说什么呢？这个傻子，总以为演电影呢，杀了人还能活，不知道这会要了他的命。活该他后悔，他就不该活这一程，你说他活这一程，有啥意义呢。他说他后悔，我才后悔呢。一辈子了，他焊在我命里，我走一步，他跟一步，走哪儿，跟哪儿，我远远跑出去好长好长，一回头，他还在身后。别人问我值不值，我也不知道，稀里糊涂，一辈子快完了。

听说他儿子开了酒店，生意很好。

是，孩子比老子靠谱。你说多可怜，从小没爹，受了多少罪。知道他要出来了，高兴，提前买了小院，让他养老。他非作死，把孩子心伤透了。拉他那天，孩子一路上流泪，直问为什么。为什么有正道不走？为什么犯浑犯了一辈子？为什么老了还惹事？为什么自己找死？你说为什么？

我劝红霞，要朝前想，朝前走。

她说人由得了人吗？不朝前走，还能回去吗？要是能回去，他会这么傻吗？

老林，老哈巴狗，咱们确定要全部烧掉吗，不留一丝痕迹？

对，灰烬像灵魂飘浮游荡，回不到过去，回不到现在。一切朝着新鲜而去，一切面向破败和衰退。

夕阳如血，晚霞一层重叠着一层，叹息一般，呻吟一般，歌唱一般，两只灰鸟擦着树梢飞过，抖落的叶片俯冲，盘旋，落在地上，被风轻轻卷在空中，向着远方飞去……

云端上的秘密花园

热气蒸腾，眼蒙了一丝薄纱，如轻雾缭绕，朦胧中隐生着堕落的疼痛。毛玻璃内闪一片光，景象渐次展开。拖鞋没劲，适才在单人更衣室脱下全部，又套上浴裙。黑色，真丝，及膝。女主以这样的姿势亮相，眼神迷离多情，轻移轻转时，香味散开，魅惑人心。电影一次次骗我，我一次次相信。它湿了水，服帖，裹在身上，迈不动腿。轻轻扯起裙摆，再放下来，冰凉朝骨子里沁。不当众公开身体，于我是执念。肉体只能留给自己，毫无挂碍时，一览无余，美感尽消。我再三拒绝道，咱们认得三十五年，你几时见我去过这种地方？三三说，什么地方？我这里一没有异性按摩，二没有不当经营，正正经经的生意，被你一说还藏污纳垢了？生硬拉来。她说你放心，都不是十七八岁了，没人看你！导引员躬身，右手朝左一伸，说道，您请进。

单人浴室四米见方，大浴池边沿搭一条白色浴巾，窄小搓背床包着紫色外皮，我猜是人造革，或者PU，也有可能是真皮。三三做事，一贯高调，讲究品质和格调。反驳内在美，藏得太深,谁肯花工夫摸清?一堆石子堆在角落,表面有些浅白痕迹,一望而知经过高温炙烤,浇一瓢水,吐一股热气,袅袅升起,如坠仙境。

我面墙脱下浴裙,余光瞥到一个人影,忙捉了它遮挡,一张笑脸已绽开,玲玲,真的是你呀,前几天就听三三说你也在永宁。你不认得我了,我是云珍啊。

云珍,怎么会?一把尖锐的勾刀戳破气门,我疲软下来,听任她摆布。

摆进浴缸,我盯着云珍。
老了。
人都会老,她本来不该这样老。

那件事之后,我离开小城,伤心之地,没什么好留恋。我跟着王浅,他在监狱坐牢,我就在外面为他唱歌、读诗。别说隔一座墙,就是隔着珠穆朗玛峰,他也听得到。我要告诉他,我在等他,他一天不出来,我一天守着他。

关于"那件事",我不听不问,不猜不想。现在,云珍将它一一道来,山一般压向我——我等了五年半,终于把他等出来了。那天阳光真好,大铁门拉开一条缝,他走出来,黑瘦黑瘦,像从地底钻出来。我们隔着十米远互相看,都等对方开口。都不说话,后来他拉住我,这是我们第一次牵手。我知道,这辈子我们都不会再放开对方了。

不对,三三打断她,你们当时在搞对象,还发生了那种关系……

云珍望向我，玲玲，过去三十五年，你还要隐瞒吗？

我把一切都记起来了，事实上，第一眼看见云珍，我就记起来了。被我压制的过去，像一只大鸟揭开封印，振起翅子，往外扑腾。我说——

是的，我喜欢王浅，尽管我现在想不起他的模样。我以为你也喜欢。我没有你好看，我拼命想让自己跟你一样好看，可我就是没有你好看。那天我认准你在给王浅录音，你们在搞对象，如果我不从你手里抢走他，他就要永远从我生命里消失了。我去车间、宿舍、操场，四处找他，终于在食堂找到，我大声说，我爱你。他盯着我看了两秒，哈哈大笑，周围人也哈哈大笑。他们一笑，我觉得丢人，就告诉他，这是云珍让我告诉你的。是的，我当着食堂所有人的面告给王浅，这—是—云—珍—让—我—告—诉—你—的。

水汽上升，触到屋顶，滴滴答答掉下来，凝在半空，有些沉重。三三起身，开门，冷空气窜进来，像一片巨大芭蕉叶，带来遥远异域的味道。我在浴桶里动了动，接着说，三十五年了，我还记得王浅受宠若惊的表情，他看着我，不相信地说，这怎么可能。我说怎么不可能，你别装了。谁不知道，你跟她天天在楼顶花园干见不得人的事，一个压在一个身上，一个把腿放在一个的腿里。

你怎么说这种话？三三逼过来。我在她眼里看见自己猥琐卑贱，搁浅于内心三十五年的愧疚喷发而出，我说对不起，对不起。云珍，我对不起你，请你原谅我，我没想到王浅会

089

伤害你。那件事之后,我不停地谴责自己,害怕见到你,害怕听到你的名字,可我天天梦见你。他扑过去,像蜜蜂扑上花蕊,尖角刺入你,你一定很疼。是我害了你,我不停地责骂自己。我很愧疚,真的很愧疚。越愧疚,越害怕想起你,越害怕,越要想起你。三十五年来,我每天都让自己忘记,以为这辈子不见你,就可以一直回避。可不顶用,它像火,炙烤着我,每时每刻煎熬我。云珍,请原谅我。现在我才知道,我一直在等这一天,亲口对你说对不起。只有求得你原谅,我才能最终原谅自己。

隔了许久许久,云珍方说,傻孩子,你负累三十五年,却不知道你根本不是那件事的起因。

你说什么?

是他们。云珍说,许多许多人,男、女、老、小,押着他,走向我。他是诗人,不是流氓,但他们要求他做流氓,不做不行。

你是说,他们……

云珍制止了三三,不让她说下去。

浴室静得出奇,水声嘀嗒嘀嗒,如时间流沙,一颗颗漏下。我们互相看着,记忆重叠,如层累巨石,独立又交叉,被时间浇筑在一起,又被空间独自演绎。我们任由思绪流动,或静止,云端上的花园,同时变成东南西北,上下左右,过去现在和未来。我看到一只虫卵在泥土里待了三十五年,此刻遇光遇水,化幻成形,扇起巨大的翅子,翱翔于宇宙的浩瀚。它寄生着那件事的形,却又不是,只刮了一阵风。

泡在木浴桶内,被无数牛奶泡泡包围。云珍一双手若有若无,轻抚。

温暖。柔软。甜蜜。

冰凉。生硬。尖刻。

曾经——精致。曼妙。性感。美丽。

现在——肉身松散,一望而知疏于管理。

必须说点什么,当遗忘遇见真相,再强大的伪装也不过自欺欺人。我拉着她的手,放在胸口,心脏隔着肉皮,扑通扑通。激动?恐惧?悲悯?忧伤?度量情绪,思忖如何精准表述。最后一晚在楼顶的情景,不断再现,她忘了吗?眉间眼底始终浅笑盈盈,手下温情一如三十五年前那个夜晚,她将我摁住,洗出两盆黑水。我问她为啥不去大澡堂,她说女人的身体只值一百块钱,被人看一眼,就少一块。这话我记着一辈子,她忘了吗?

突然窜起一股热气,三三披一块浴巾,朝烧热的石子上泼了一瓢水。你们聊得好吗?她问。

挺好的。云珍看我一眼。我低下头。

三三说,我一直想跟你聊聊,没机会。今天咱们好不容易聚到一起,得好好说说话。这位商界精英大大咧咧叉开腿,将自己安置在木椅上,一簇黑色水草受到鼓舞,蓬勃摇摆,跟打了激素一样。

云珍说,没什么好聊的,那件事之后⋯⋯

该死的！"那件事"！

脑子里感觉嗡地一声，血液倒流，站在无垠海底，失去良心依托，被轻忽地甩来甩去……

"那件事"有多个版本，均出自同一事实：云珍被王浅强奸了。保卫科长押着下楼，两人裸身，耍猴一样，绕行一圈。有人不忍，扔给云珍一件衣裳，她没拾，像奔赴刑场的女战士，高高扬起脑袋。凌晨两点，永不沉睡的工厂涌动起一股暗流，如火山喷发前的能量积聚，只消一个熔点，就能燃起熊熊火焰。它没来。人们没勇气站出来，隐在车间里、树木旁、玻璃后。眼睛比谁都清楚。

保卫科长告诉我爸，从头到尾他都知道，楼顶上的花园，以及发生的一切。他想给我爸一个途径，好似人面对疾病无能为力时，总想在前世找到原罪。我爸对我的"精神"束手无策，只好听任保卫科长拯救，他说玲玲和云珍一样，不该活在咱们这种小地方。

我被送到永宁，活成木头，嘴巴停歇，眼睛停歇，心脑搁浅，不参不评不议不论，随波逐流，被宏大地推到一个极端，又一个极端，脚步踉跄。细弱根须埋进地底，触角探至地心，温暖、寒冷、光明、黑暗、鲜花、荆棘、绿洲、沙漠、觉醒、沉沦、遗忘、悲伤、自欺欺人、亘古不变……

语言轻忽，不过一种情绪，题材越宏大，越经不起摧残，只好枯竭，或许还能于绝处逢一丝生机，让它于梦想的甘醴中冒一个芽角。我提醒自己，精神高贵，人不能把它捧在手心，见人就炫耀"我有"，更不能让它代替脸面，欢迎全世界亲切。它高端隐秘，被一层层裹起。无法代替。

我强迫自己忘记，然后重建，用新体系定位过去。

搓搓吧。云珍说，躺下。

我从来没有平躺如死尸，被人审视。

搓澡巾钢丝一样直上直下，有微浅的疼泛开。我不能说话，梗着嘴。

云珍俯在上方，如上帝之目，温柔慈悲。

我左手拿圆镜，右手拿针，用尖头戳。额上五分，眼下五分，唇边五分，云珍脸上冒青春痘，饱满如血滴，像眼睛、嘴巴，提示我思考，相对于深刻内里，美的表相特征更加迷人。我跟三三说我们都该有这样的痘，才像云珍一样好看。她点头，朝我示意，下巴一颗，示威一样，白色尖头朝起咕涌，像一片光洁土地上绽开的美丽花朵，红底白芯，闪着熠熠之光。我忌妒难忍，郁闷了好几天，做梦都在刨坑、点籽，像云珍种花一样，浇水、施肥。它一颗一颗长起来，齐齐整整。醒来后，我拿镜子看，还是没有。纠结了几天，决定帮助它。针尖挨到额头，肉紧如铁，戳不进去，轻轻挑开一点皮，疼得厉害，什么也没出来。端久了，两只胳膊发困，我想起一个词——天生丽质。云珍的美是老天爷给的，学不来。只好放弃。

我问云珍，怎么才能长痘？

她不说话，蹲下，将花茎上的干叶摘掉。大丽花、蜀葵、太阳花、指甲草、喇叭花，都活了，长势很好，开一朵又一朵花，都很香。洒水壶是绿熊猫，嘴巴里吐出细细水珠，一颗一颗蹦到花茎，被吸收，一股清香扑起——此后多年，我习惯不打伞走进细雨，寻一棵树，蹲下来，闻它的味道。经年植物有灵，雨一滋润，便会反馈世界一股清香。这是云珍留给我的向往。我一边大口呼吸，一边回想她闭目浅笑的模样。她摁下手提录音机播放键，邓丽君的歌喉软绵绵、甜酥酥，听得人骨头软，我们先坐直，后躺倒。天上流云飞来飞去，人一样，树一样，车一样，另一个人世一样。云珍说玲玲，你快看，天空是一面大镜子，我们都被反射进去，变成了云，你看见你了吗？是仙女呢，踩着云彩，东扭扭，西扭扭，跟着音乐跳舞呢。夏日天长，西山上的红霞一层一层飞起，像一张温柔大床，等待太阳落入，而它遗忘了时间，沉溺于云珍创设的美景，不肯回去。

我们总是待到很晚。小城灯一盏一盏亮，一盏一盏灭，独车间整夜长明，如一艘游轮飘荡在暗黑海面上，从过去而来，向未来而去，它的船员手脚口并用，拉着长长调门，歌咏一首据说建厂之始就流传的歌，没有词意，像或长或短的叹息，被清亮的"啊""哈"串起。云珍不说话，不动作，两只眸子亮晶晶闪——秋天踩上落叶，听着它们沙沙响动，我总会想起：忍着，忍住，泪憋回眼眶，顺管道溢入鼻孔，她轻轻擤，擦在手绢上（后来我告诉自己，她可能并不是哭，而在笑，因为幸福、喜悦，因为她爱的那个人，隔着窗玻璃，向她发出爱的讯号。当然，这只是臆想之一）——她和着他们，哼唱，嘴巴漏一条细缝，把声音细细弱弱挤出来，我听到不一样的声音，遥远、异域、陌生，来自另一个世界。

一年里最温暖的季节，
花儿开得极尽绚烂，
像跟世界告别一样竭尽全力。

那件事发生的头一天晚上，云珍摁下录音键，往里播送梦一般的声音，一首诗，一首歌，一长溜英语，从她嘴里滑出来，淡淡香味随之散开，被录音机紧紧黏在磁带上。我怀疑她录的不是声音，而是自己。等谁一摁播放键，她就一点一点显形，站在谁跟前，披挂落日余晖，带一股子香味，笑盈盈，说、唱、念。怪不得全厂人都说她闲得慌，要是跟其他人一样三班倒，看她还有闲情？以前我不信，现在信了，全厂上上下下一万人，谁跟她这样？整天云里雾里飘着，真拿自己当七仙女了？

后来她反复念一句诗：相见时难别亦难。声音越来越低，越来越模糊，终于被哭声代替。一轮圆月金黄金黄挂在天上，几颗星子散淡浮在远处，花香浓郁，不停朝脑子涌，搅得人心烦。我问她为啥哭？

她不说话，朝黑处望。我顿时觉得自己又高又大，像老师一样，逼问她，你要把这些磁带送给谁？

她说送给我自己。未来的自己。八十岁的自己。当我老得站不直、坐不稳，听见这些声音，想起自己年轻过，多美好。

你骗人。我听见自己歇斯底里，你都送给王浅了。他一天到晚听，吃饭听，睡觉听，上班听，连上茅房都听。一天啥也不干，就是听。我爸说他是全厂最没出息的一个，干啥啥不行，工资挣最低，奖金领最少。你为啥跟他搞对象？

我跟谁搞对象，不跟谁搞对象，是我自己的事，别人管不着。

别人是管不着，可你知道别人都是怎么说的？她们说你不正经，就会勾搭人，眼神一瞟一盯，像个狐狸精。厂里是个男的都惦记你，半夜敲你门，朝你窗户扔石子。

啪，她扇了我一巴掌。两颗星星拽住我前后摇晃，我努力站稳，朝她呸呸呸，我说你别以为我不知道，全厂人都知道。厂长睡你，王浅睡你，厂里是个男的都能睡你。

那是我最后一次待在那里。云珍如石像，被钉在楼顶，成群乌云滚过来滚过去，雷声轰隆隆由远及近，一道闪电劈过，照见她一脸僵木。我说，我永远也不会再见你了。

三层楼全是单身宿舍，一间二十来平方米，配一张单人床，一只木箱，一桌一椅。我爸在单人床边搭一块板子，还嫌挤。天天上夜班，很少照面。我跟三三说，他就是嫌我烦，不爱理我，要不你家住五口人都不挤，他凭啥嫌挤？三三说我家打地铺，白天塞到床底，晚上拉出来。

当时我们在楼顶种花，空花盆、泥土、花苗、水，分十几次背上来，堆在一起。云珍把黑色种子包在纸里，大院里到处是各种多年生草本植物，秋后结籽，我们抢着拾，跟皮筋、石子一起，装在裤兜，最后从破洞一颗一颗遗漏。只有云珍把它们当宝，郑重埋入、浇水，告给我们，只要给点时间，它们就会长大、开花、结果，跟女人一样。她蹲在地上，大卷卷绑成马尾，鬓角垂一绺，她动一下，它跟着晃悠一下，像不安分的小鸟。有一刻钟，时间静止，她变成一幅画，与小说中的插画重叠一起，变成中世纪的英国女人、法国女人、意大利女人，一点不像中国女人，尤其是我们厂的女人。如果不是扎个马尾巴，她们跟男的一样，吃饭呼噜噜，睡觉呼噜噜，说话也只会呼噜噜。厂里有名的诗人王浅写过一首有名的诗：我是一头长翅膀的猪/圈里出生，圈里成长/踩着圈门出尘/在云端俯望/啊，好大一头猪/原来我只是一根毛。这根猪毛因此被贬下车间，重新站在机床前。其他猪毛拍手叫好，说烂泥扶不上墙，狗肉上不了台秤，当初就不该提拔他去宣传科。

我们厂上上下下一万多人，男的就数王浅出名，女的就数云珍。其他人都说男的、女的，她说男人、女人。这些个词汇跟普通话一起，让她和全厂人拉开距离。不断有人说她扭捏作态，假惺惺，断言她撑不过一年，最多一年零三天，会跟其他女的一样。"只遮三点"，或者变成王朝霞。这枝著名的交际花躺在地上，让四个工人拿她当案几。扑克打到后半夜，他们提出一人再加十块，让她脱光衣裳。到底脱光了没？脱光以后干啥了？天知地知他们知。反正她被开除了。

我和三三迫不及待告密，把大人千叮咛万嘱托不许乱说的话全告给云珍。她不爱听，种完花立起，拍打身上土，像往常一样转圈圈，然后朝东城墙站定。真香啊，你们闻到了吗？她问。星期天上午八点半，一丝风没有，太阳离得很近，懒洋洋，一副消极怠工的模样。

三三问，什么香？是离天近，天香吗？

云珍说，不是离天近香，是离人远才香。自然之香。

我说香什么呀，你闻不到吗？车床一定坏了，老陈在换机油。大澡堂的下水道一定堵了，老刘头不管，非说跟他没关系。你闻闻，这里臭，那里臭，全都臭。

云珍说你闭上眼，听我说。

我闭上。

厂东边五百米，沿湫水河长一排垂柳，你揪一枝下来，削一截，把杆子拧掉，做柳哨，吹一嘴绿，你闻到了吗？柳树香。西山山腰到西山顶，漫山遍野，桃花开得红艳艳，你把它摘下，一朵朵一瓣瓣，用水冲泡，你闻到了吗？桃花香。顺东门出城，城外春光烂漫，农田没有完全解冻，向阳地角蠕出小小嫩芽，野蒜苗、白蒿、苦菜，你闻到了吗？野花野草香。你一路走，一路闻。临州、永宁、太原、北京、联合国、地球、宇宙。江河湖海、名山大川。沙漠、森林、沼泽、湿地、草原、洞穴、丹霞、海岛。浩瀚星空。你闻到了吗？酸甜苦辣咸，又分明，又混合，你被吸引，不断闻。你闻到了吗？

我睁开眼，朝远望，不知道为什么，有点空落，好像被谁刨开一个大洞，凉丝丝透风。我问三三闻见什么了？她说好像什么都闻到了，又什么都没闻到。我困惑极了，问云珍，你怎么知道这么多？她说我有宝贝，想去哪里就能去哪里。我问是什么，她拍拍手里的书。那书我翻开过，全是英文码码，一个不认得。

那件事发生以后，大人们传说，厂长拿着这本英文大部头，去中学找英语老师。他鼻子上架高倍近视镜，研究了三天三夜，告诉厂长，确实有毒。厂长问，为啥？英语老师说，这个L-O-V-E相当于日，你说为啥？有人说这是英语老师最无能的报复。他给云珍写的英文求爱信，被扔在去茅房的路上，厂里人多，踩来踩去，沾许多泥，后来他两只指头提起，扔进茅坑。厂子倒闭以后，"I love you"被人争相挂在嘴上，他身子更细，佝偻背，摆个小摊卖旧书，偶尔捧起一本，嗞嗞嗞嘬嘴，像一根冰棍化了，他用嘴吮吸。我最近一次回临州，又见到他，脸虚腾腾，冒热气，听说得了肾病，仍喜欢耸肩、摊手，像美国剧里的人物。

凭借记忆，成年后我破译了那本书——《Women in love》（《恋爱中的女人》），作者D.H.劳伦斯，英国小说家、诗人、散文家，与福斯特、乔伊斯、理查森、伍尔芙齐名。再读，云珍总叠在厄休拉身上，和她一起痛苦纠结迷茫悲伤。云珍站在楼顶，朝着落日张开臂膀。风从毛孔钻进来了，她说，像蚂蚁一样，把血管当成藤蔓，朝上爬。你静静听，它在唱歌。不,你再静心,它吹着哨子,像你们体育老师一样。

我经常想,经常想,把自己想神经了。医生给我开大把大把药片,我乘人不备扔进炭坑。我说我没病,你们才有病呢,你们全有病。我爸一巴掌扇到我脸上,对我说,让你别跟云珍混,你就是不听。

我十四岁,扎马尾,前面头发往起夹,留几根,噗,朝上乱吹。我踮脚尖走路,捏嗓子说话,模仿云珍打扮。云珍刚分配来,长发烫成大卷卷,走路一扭一摆,喜欢穿连衣裙和高跟鞋,咯噔咯噔走动时,一楼道飘着眼睛。三三说大人们都说了,就因为这个,厂长才舍不得她下车间,工会哪个干部不是从车间提起来的?我当天就把这话翻给云珍了。她斜靠在床头看书,招手让我坐。我不敢。床单新崭崭,铺得平展展,跟她一样香。她下床拉我坐下,顺手解开我的头发。梳齿划过头皮,像通了电,麻酥酥,很舒服。我很久不洗头,一股子头油味,可能有虮子、虱子,真丢人。僵住身子,听任她小指尖勾划,这里一下,那里一下,头发被轻轻拉住,朝上朝下扯动时,一颗心跟着,上上下下甜蜜。梳完她拉我看,圆镜里的人紧着脸,梳两条长辫,有点好看。咧嘴笑一下,不自然,赶紧抿起。

云珍问我,你叫个啥?

刘玲玲。

几岁啦?

十四。

你放学后都干啥？

食堂吃饭，睡觉，上茅房，还跟三三玩。

你们玩什么？

这是秘密。

我问云珍，你想让我带你去吗？

看她点头，我激动得手脚没地方放，雄赳赳气昂昂前头引路。有人问，玲玲，你去干啥呀？我骄傲地回答，不用你管。我悄悄告诉云珍，你也不能说。他们都有红眼病，知道有这么个好地方，一定也要去。下午时光，食堂师傅准备晚饭，蹲在院里剥葱捣蒜，水房嗡嗡响，几个妇女撅起屁股洗衣裳。烟囱里冒起一股又一股黑烟。我带着云珍避开，沿墙角顺到楼后。一绺流云在空里浅浅浮，一摇一晃，像一条河里飘满眼睛。我问云珍，你上得去吗？钢筋焊的脚踏在两米以上，隔半米一个，她伸手探，说不行，够不着。我得意极了，看我的。我和三三拣的石头散在四周，归拢齐，垫高。你再试试。嗯，我够着了。

我给云珍指，那是我们学校，你看到了吗？有大操场那个，厂运动会都在那儿开。她张开胳膊，大雁一样飞了两圈，风经过她，在楼顶阔开，有如盛开一朵花，香极了。后来她面阳站定，光穿过耳朵和手指，变成透明。要是她不穿衣服，一定全身都这样。我站到她跟前，看到车间、大澡堂、食堂，牛皮癣一样长在眼底，散发出各种臭味，跟霉菌一起，倒人胃口。每个地方都有人，看不清谁是谁，像一出生就长在那里，灰扑扑的。云珍跟人们不一样，不管她走到哪里，都能让人一眼看到，一下子记住。她就是黑白照片上的一点唇红，让人惊艳。

若干年后，《辛德勒的名单》中红衣女孩一出现，我就想起云珍，抽打灵魂的鞭声穿透风尘，让我更其深刻地理解她，对自己不能容忍。我失眠、抑郁，将一个自己绑在耻辱柱上，另一个趾高气扬。不敢与人言的过往，像一把尖刀，挑开虚伪，露出本真，一片血淋淋。

依靠药物和不间断的心理暗示，我让自己相信，所有纠结都是臆想，它们不存在。除却眼前所见，一切皆是虚妄。人必须选择性相信，把不堪回首的过去遗忘，一身轻松。

如果不是三三，云珍只是被我压制的过去之一。

厂里新修了一座三层宿舍楼，鹤立鸡群，我们没事就去那里，异想天开。有一回三三拿了本《少男少女》，说杂志培训通讯员，每月交一篇，结业后就能给杂志社供稿，我们的名字写在上面，全国人民都能看见。三三说，日子过得太慢，等到十八，咱就能走出小县城。我说是啊，山遮挡我们的眼睛，我们需要走出去，才能看见外面的世界和外面的人。还有一次，我们拿着红印泥，把电池砸碎后掏出黑芯，一个给一个画。人不是人，鬼不是鬼。不敢回，躺在地上等天黑。落日西斜，大片流云游来游去，一会一个样子没定准，我们抢着回答，像牛像马，三三双手合拢，朝天空哎——哎——地喊着，像兜了一张网，离开嘴巴时轻薄，经群山回应，越来越重，最后变成石头，依附于山体。更多时候，我们痴呆呆看，南城墙破开大洞，来往车马店的驴马，传来无节制的嘶鸣，我们转着方向凝望，想看到出城的路，它被一米一米的风景屏蔽，最终归于苍茫的绿和黄。我头一次觉知视力有限，人眼不是机械，它被肉身牵连，只有几百米疆域。后来，我才会再次觉知：人心不比人眼宽广，更容易被局限。

三三说，就这一次，不管你答不答应，你必须去。

同过去一样，她一耍强，我只能听从。

我们曾被撕裂

你从遥远的海南回来，三十度温差，干湿敏感，喉头堵一块，使劲咳，听见纤维受挫，吱啦作响，如暗夜不得入眠时，纠缠脑里的那些念。西山公园修旧如新，味道复杂，沿九十五级台阶攀行，水泥阶面开裂，绿芽出头，斜歪一角，纤若发丝，却春意盎然。两侧汉白玉栏杆雕着虎豹龙凤，刻工敷衍，造型肤浅，不似当年石狮亲切。你喘了又喘，站上最佳观望点。小城就在眼前，四周山围，中身下沉，喧嚣如往，场景固定，与记忆吻合重叠，像LED屏播放画面，事先录制、剪辑，渐入渐出，渐隐渐现。你在画面中间。赤脚踩在石阶上，叽叽喳喳，悄悄静静，阳光撒上书页，流行的琼瑶金庸古龙梁羽生，男女主角生动，眼角含情，衣袂飘香，少女心被撩拨。

摄影机代替人眼，遮蔽人眼，你看见红灯闪烁，捕捉迅捷，琢磨不出人心。你说，心门打开不易。三十年是时间，更是空间。看见才想见。摄影师被黄土高原惊艳，山这样高，这样深，这样厚，这样长，难怪《黄土地》的主角是黄土地。

刚才你说什么？

你笑了笑，定定神，心仍悸动，好似三十年前。

早自习班主任没在，同学有念古文，之乎者也，念英文，咿咿呀呀，听久了都像在念经，同一个音调，不带感情哼哼。女孩正在觉醒，肉身和思想一起成长。骨节与骨节分离，肉与肉疏远，长、宽、厚，恰如其分的凸出与凹进，其情形正如种子成长，吸饱水，根系滋生，挣破外壳，冒出头。女孩想象自己在时间深处，万物萌芽之时，受同一股勃发之力驱使，向上、向外、向新，更高、更远、更深。同桌玲子用手戳，朝后示意。女孩溜过去，三颗头贴在一起。

花花像特工接头，左右环视良久，才从书包里掏出。说胡天有亲戚在上海，特意包进纸盒捎回来，多么美丽！鲜花经脱水，瓣与瓣缩在一起，瓣尖泛白，枝身柔韧，花蕊泛出缕缕香。女孩被来自异地、长途跋涉的陌生感和距离感阻隔，几经怂恿，才接过恩赐。她深呼吸，慢慢闻嗅，把种子种到心里，深埋，浇水，施肥，生长，开出炫目的花——唯一的想象之花——胡天。高，帅，鼻子坚挺，从侧面看，像刘德华。

女孩情窦初开，喜欢做梦，迷迷糊糊觉得非胡天不行，悄悄写纸条，乘人不备夹进他课本，没等到回复，女孩寄希望于他没看见。抬头，胡天眯眼笑，好像说，我知道，我什么都知道。

女孩心说，知道，还和别人暧昧。不能抵挡失望，情绪低落，五百万个毛孔同时落雨，淅淅沥沥。过了一阵，云慢慢散去，想起一句话：暧昧就是从头到尾什么都没有。又想，和许多人就是没有人。阳光热烈，万物炙烤，身子暖，像火烧。

有有无无、是是非非里纠缠一天，女孩怀了失意。晚自习回家，又遭哥驱逐。晚上你找地方睡，别回来。哥二十一，初中毕业打小工。女朋友二十，身子骨没长开，瘦瘦弱弱，染一头黄毛，白得不正常，右耳打五个洞，戴五个不锈钢耳钉，左耳戴六个。女孩上次见她，破洞裤里看见白色底裤蕾丝边，回来同哥说，哥说管她呢，玩玩算了，我还给她买件衣裳？女孩想哥今天又想"玩玩"。身子起了一点儿反应，细寻思，又没了。女孩不愿意，玲子、花花住机关大院，穿皮鞋，多骄傲。女孩不想比较，小声说，我不去，挤得睡不好，困。哥甩过去二十，那就去旅店。

女孩以优异成绩脱颖而出，以全乡第一的成绩考上县一中，住校要交一百块，爸说不如走读，和哥住一起，互相照应。一眼窑，一盘炕，四床被褥，十几只大纸箱，再粗糙也是家。女孩委屈，心说你为什么不住旅店。看见满山遍野红彤彤，爸屁股结实蹲坐树杈，执长竿左右开弓，枣子如冰雹噼噼啪啪落地，妈一颗一颗拾拣，蛇皮袋挨挨挤挤。扳起指头算，爸妈说收秋后进城，还得一个月。

情绪如水，积淀三十年，仍有酸楚。你像进入迷宫，不能区隔现实与梦境，仿似被记忆重重纠葛，缠在一条没完没了的路上。昨天你带摄影师走过的河渠街，在小城正中，如盆底常年阴湿。青石路面晒不干，苔藓一层复叠一层，爬上墙，与藤蔓植物交映，形成一条暗绿色深巷。你视线如探针，一寸一寸触摸，在高楼林立间找见那条窄巷。仍如当年，绿意弥漫。

女孩走出大杂院，听见头顶几声响，远处一道光。你现在想，多么像隐喻，藏在正剧开始前，被导演早早安排，观众聪明，一眼看见，你却懵懂，沉溺于剧情。那年流行三株口服液，红卫广场路灯下，一群人围拢，有人把瓶底亮给天，喝得干干净净，有人袖手，旁观热闹。女孩偶尔看《年轮》，插播广告全是它，"有病治病，无病保健""喝三株，肠胃舒""三株就是好，常喝离不了"。女孩想到电视，想到画面，想到胡天，像被谁揪了耳朵提醒，像被看见，羞红脸。

雨说来就来，雨声落在时间里，将女孩紧紧围困，她紧赶几步，站在供销社门檐下，风刮着雨撺过来，湿了一身一脸，索性跳进雨里，大步跑。旅店留一块门板没闩紧，开条细缝，门头挂一盏白炽灯泡，大概十五度，模糊一团光影。女孩不敢拍门。老板楼上开店，楼下卖书，有一次她一个人进去，被人摸了，也不敢喊，等其他人来才被放开。女孩生怕再受伤害，紧几步跑到胜利街。黑洞洞，邮电局墙上黑线缠着黑线，黑圈压着黑圈，闪着小小红灯，像饿狼眼睛。女孩如一阵儿疾风掠过，逃进机关大院。雨线密集状若击打，叮咚叮咚，肉身吸纳，身子骨单薄，衣裳湿透，土布鞋底薄，硌脚。

你挪了挪位置，石子垫在脚心，三十年走不出疼痛。

你受记忆牵引，寻找那条路径。半弧形，红卫广场是必经，是端点。如今小摊贩搬离，建了娱乐设施，男女老少牵引拉伸，人心衡量，人眼评定，仍在海阔天空。昨天你与人擦肩，错过才想起，是大杂院时邻居。当年才情，每日吟诵：你走后，我的世界一片荒芜。你找他借书、还书，封他为信仰，钦佩过他。回头再看，泯然于众人。不知道还读书吗？还吟诗吗？

你泛起酸楚，三十年物是人非。乡音已改，脚步轻飘，不适应山路陡坡，偶尔迷路，你停下问，少男少女殷勤，叫阿姨，在上边在下边，你仍懵懂。小城方位不正，东南西北分不清，摄影师像走迷宫，感叹当年地道战，之前他总不信，以为是美工师搭的景。

花花住双层石窑。小城建筑特色，石头天成，匠人一錾一斧修订，垒一层，再垒一层，墙腿稳定。成年后你一次次做梦回去，白炽灯泡从窑顶悬吊半空，映出光晕，一圈深一圈浅，像画上去，属于神仙的光。玲子花花挤一起，看《少男少女》，封面少女扎双马尾，穿短裙，笑脸明媚。杂志最后一页是"《少男少女》通讯员培训班"。花花说，咱参加就能登稿。玲子说要交二十五块。问你妈要呀，花花说，离截止还有两个月，三天要一块，也能攒够二十五。女孩把手伸出口袋，反复捻，心想，幸亏没去旅店。越捻越坚定，看见自己名字登在上面，胡天认真看，知道写的都是他。丘比特爱神之箭。女孩甜蜜，伸出小指，拉钩上吊一百年不许变。

这一夜本当画上句号。聊出睡意歪头睡，或者谁打一个呵欠，三人同时流泪，眼睛泛酸。偏偏玲子引出话题，你哥在干啥？女孩红脸，哥把黄毛带回去，能干啥，她羞得说。花花说，当然是干那事。像得到授权，她起身开灯，神神秘秘，我带你们去个地方。机关大院晚上空静，手电筒切出一条路，三人手牵手，小心慢行。从双层石窟下楼，经过一条砂灰路，新修四层楼气派。就在一楼，花花说，咱们去后窗。声音轻若蚊鸣。这事三人以前干过，哪扇窗没关紧，跳进去，桌底板乱摸，抽屉总有缝，藏着什么逃不过眼睛。两扇后窗严实，花花不死心，走门。新楼阔气，装黑色铸铁牛头锁，花花把卡片插进门缝，左掏右扭，只听咔嗒一声，门开了。花花说，别急，鞋脱了再进。

仿佛被火燎，你又看见那排照片，人光着，若隐若现。后来你看纪录片，老人家出国多年，仍带着小城印记，en和eng不分，口音亲切，他回忆当年创作隐秘，模特固定，天时地利人和，多么难，小城人眼镜带色，舌尖藏毒。你看见那间暗室，肉色流溢。女孩想避开，避不开，又想看，心里麻酥酥、毛茸茸，有个怪物在脏器上一直挠。

摄影师说，人体写真宜隐不宜显，减少、否定、净化，去繁从简。明明看不见，又什么都看见，才是最高境界。

你说是啊，这也是叙述秘密。看见是目的，想象是过程，过程才产生滋味。

画面多清晰。花花提议看一看，都是女的，怕啥？玲子响应积极。两人从被窝站起来，背心一脱，指头勾着内裤腰，一个侧身，两次弯腿，光溜溜了。女孩莫名亢奋，也站起来把自己褪光。灯泡被谁碰了一下，轻轻动，光跟着浅浅摇，像做梦。女孩被谁捏在手里，揉了几下，预料之外袭来快意，她闭上眼，一伸手，摸到一团水草。醒来，女孩挤在两人中间，三具身体像被"502"粘在一起。

风沙沙有响，一尺外窜起微粒浮尘，身前身后聚拢，洞若观火的样子。你像被蜂蜇，哀然叹息，少年情愫不再，纯洁忧郁，骚动悲伤，心口硬，结着冰，不发现，不惊艳，不靠近。你仔细寻找，物质痕迹固定，仍是当年模样。县医院搬去更高更远，换了中医院门头，还挨着一中，操场外工农巷被高楼夹击，越发悠长。你恍惚滞在那里，指尖沿着砖缝抠，一步一步慢慢挪。你恨哥，男子汉，臭豆腐，敢做不敢当。

黄毛说，手术有两种，一种只要五分钟，费用一千块，不疼。

哥说没钱。你要么生，要么疼。

黄毛说，疼就疼，没钱就得疼。谁让老子眼瞎。

哥给女孩五百，说，你带她去，刮干净。女孩被黄毛一把扯走。

护士把女孩带到等待区，说没那么快，让等。她把手抚在小腹部，用力揉，拿右手食指和中指一点点顶，想知道子宫在哪个地方，哪里是肠子起止。突然听到啊的一声，四周看看，除了她没别人。手术做完，护士让家属签字，女孩扭捏，不能决断，签谁，怎么签。黄毛拿起笔，画了一道鬼符。

若干年后，你看《画皮》总走神，觉悟多么迟，才生出同情，看见一把铁钳伸进去，剪、搅、扯、拽，摁进白色瓷盘，血淋淋。盯着看，还在蠕动，像是说：疼。你捂住腹部，竭力容忍。当年厌恶，狐狸精，活该。黄毛脸色苍白，身子弯成豆芽菜，挪到凳子边坐下。等了很久，拿粉往脸上盖，全部画完，皮被皮覆盖，女孩怀疑是错觉。黄毛拉她站起来，走，姐姐带你去吃饭。

风烈，女孩下意识替黄毛遮掩，被甩开。她大步流星走到街头，招手叫停一辆"面的"，说道，东门头饭店。

铜锅滚烫，沸得正旺，男人和一桌菜一起等。女孩没想到有其他人，局促上身，不敢乱动。黄毛吃得豪爽，嘴唇一开一合，肉菜酒不停吞，不一会头面有汗蒸出来，嘴巴张开，在冒火。我下午还得上班，她说，利索点。拿口红画，极饱满极艳丽，从肉里往出溢。女孩等她，她不走；女孩要走，她不让。盯着男人看，像盯一条河，一座山，目光一递一递，如电影设定暗语，三长两短，一蹙一颦，完成交结。两股气流绕来绕去，像打架又像亲昵。女孩觉出暧昧，也觉出滋味，认定黄毛在等什么，等不到就不走，饿了再开火，还要吃出一头一脸汗。后来男人站起，黄毛说，你敢。包里摸出一把折叠刀，打开，刀刃锃亮。干什么，你疯了？男人低吼，膝盖却软了，坐回去，我哪有一千，五百行不行？

不行。像刀片。

黄毛把钱数了一遍又一遍，塞进包里。

你得让我再看看。男人说。

随便。黄毛努嘴示意，女孩把门关死。黄毛脱光说，来，朝这里看。男人看着看着蹲下去，膝盖抵住地板。女孩看一眼，羞涩，背过头。黄毛肚脐那里纹一只眼，会卷动，一睁一闭，忽大忽小，魅惑又邪性。哥面对那只眼，是抚摸、凝视，还是不顾一切钻进去，一直往里钻，钻到底，钻到核心。女孩不问。不是不敢，过于私密，像黄毛同那男人，自己暗恋胡天，灵魂不能落进凡尘，被眼睛和嘴巴探问。

心结没解开，黄毛就要走。女孩怕哥伤心，把秘密告给哥。

哥说，我早知道了。

你跟谁一起去？

你是我什么人？

是不是和毛六指他们？

你屁股有那么干净吗？

人离得远，心理距离近，有段时间你痴迷抖音，和家乡有关的号都关注，看见过黄毛，晋剧、小旦，眉目端庄，唱腔公正，一咏三叹余音绕梁。肉身如封令，三十年只翘动两条线，浅浅浮在眼底。你一眼识别，不敢联想，使劲卷动肚腹，想象一种诱惑、召唤，顺从它可以抵达之处。三十年过去，不知道还在不在。

你对摄影师说，从此看人多绕几圈，不似少年肤浅，爱谁恨谁不遮掩。

你隐约记得，那之后全班迷恋林志颖，"四大天王"不吃香，女孩怀揣秘密，仍把刘德华一页一页贴上墙，心底一个念，越压制越要浮起来。那天周末学校放假半天，花花一张纸撕三半，写舞厅、电影、郊游，让胡天抓。他手指细白，挨个攥紧，放在掌心搅。玄虚如眩晕，猛烈袭击，想象力被激荡，女孩像被他揉在手底，心悸悸的，甜蜜。只要有他，哪里都一样，干啥都行。

女孩做好准备。胡天穿宽松老板裤，额上箍红头巾，跳太空霹雳舞，脚底虚浮，身体摇晃，真如迈克尔·杰克逊一样，又似轻功水上漂，一跃站上竹排，身子细长，宛若山水画里一个意境，一摇一晃江心荡漾。《方世玉》海报有弓有箭，贴过满月，电影公司放出风，今年最好的片，只放五天。

谁料中午雨来，妈上城，二话不说喊女孩回家。黑云盖天，窑乌洞洞一片，女孩躺炕上左翻翻，右翻翻，不得劲，躺不稳，坐起来，雨、云、黑天，都是同谋，束缚、阻隔。她看见胡天嘲讽，生起委屈，跳下炕，趿拉鞋出去，湿了一脚。重新躺倒，女孩有了心事，总想胡天在干什么，她们在干什么，胡天和她们在干什么，像沉溺于古玩，意味、揪心、陶醉，怎么都牵挂，随时都想触摸。突然心惊：一只手打后面伸进背心，影院暗黑，手跟着节奏松松紧紧，花花一动不动，回来说，又酥又麻，又怕又喜欢。女孩还没尝过此中滋味，暗自揣摩，小小一粒，硬硬一颗，跑着不抖，跳着不动，和没有一样。

你像看戏，耻笑记忆里的你，青春苦涩甜蜜，藏在心思里。想起一次，震荡一次。后来你醒悟，它像基因，原本如此，只不过恰在当时。你刚产生性别意识，和男生相对，会被喉结、胡须吸引，被味道迷醉，你萌生对未来的想象，关于胡天，关于爱情，关于古老的，过家家，游戏。

成长隐秘，像在一秒钟被破译。

女孩缺席了活动，有漏洞，填不平。玲子、花花头碰头说话，见她来，立即停了。连续几次，女孩敏感：人家不想理，你还往前凑，不识趣！想起那些照片，手电光照不清，开灯，曲线玲珑，是谁，成年后啥样，都被遮掩。女孩心说，谁稀罕，机关大院没人，那么冷。

偏偏哥又找个红红，就喜欢睡热炕头。

哥驱逐，女孩不让。

哥赶不走女孩，炕中间搭条被面，让她睡窗户边。月光明晃晃，穿透一页薄窗帘，被面照得亮堂堂，红黄白方格子排排站，把女孩晃花了。窗帘挑开一点，天黑沉沉，离亮还远。哥离她三米远，像平时一样，磨牙、打鼾、放屁，恨不能把墙皮吼下来。也没啥不一样，女孩想，不就多个红红？平时爸妈在还多两人呢。

朦胧听到声响。老鼠划拉细腿出洞，馒头冒香气，口水掉下来，它踩上去，滑一跤，正啃在馒头上，啊，真好吃。又一听，不是老鼠，是蛇，身子一拱一拱，软绵绵。女孩吞一口口水，清醒了。那条蛇细微滑入心里，热辣辣，毛茸茸，她用手把住，摁到一个地方，捻了捻，磨了磨，偷偷悸动，心跳不已。

女孩怕天黑，又盼天黑。怕也不能说，盼也不能说，揣了块大石头，坠得心疼。她开始失眠，整夜整夜等，把耳根子掏净听。有时听不到，怀疑自己没留神，更专注；有时才听到，就大力翻身，梦呓般轻语；她把手抚去那里，轻轻蠕动，像被谁看见，羞红脸，身体服帖，灵魂悸动，只有把胡天请进来，空想甜蜜。

胡天老样子，跟谁都友好，笑嘻嘻，乐呵呵。女孩希望他对自己更好，越发渺茫。女孩禁不住心。有时已经下楼，又跑回去，听他说话，几个字来回打转，撞击耳膜，甜蜜反刍。有时到了教室，他不在，又跑出去找。越卑微，越觉得重要，胡天，爱，未来。

你视线迷茫，在教学楼寻找，记忆差池，不能确定哪一层哪一间。外墙依旧深红，楷体大字清晰，你看见女孩探身，朝外打量，世界懵懂，她什么都不懂。一把青春火燃烧，满面通红，稚嫩，惊慌，迷茫，憧憬。成年后你再未如此单纯，时间如牢，一点点销蚀激情，你像X射光，一秒读懂看清，对人事物不抱希望。

记忆突围，杀出一条路径，你想起十七岁生日。当年就在这里，西山公园尚未建成，只有一个观景亭，少男少女坐成圈，胡天说，生日快乐。面白肉嫩，指尖俊朗，递过来一只粉色布偶娃娃。女孩闻到味道，心怦怦怦悸动不停，身边人和梦中人混淆，血气上涌，耳目失聪，听不见也看不见。

小城夜未央，灯火摇曳眼底，如梦。你被戳住核心，一点点觉，一点点懂，一点点开悟，一点点沉溺其中。三十年AI合成，仿似一瞬。

女孩看见两种湿润。红红说，你要跟我好，请媒人来。西红柿炒鸡蛋灯下泛光，有质感，像在画册上、电视上，有些好看。女孩含着筷尖，想起黄毛，心说你是谁，要走就走，哥另找一个。哥却难过了，不吃饭，落泪，像打了一场败仗，灰心丧气，甘拜下风，一颗泪写着"不行"，一颗写着"完了"，身心俱累，看见余生，疲软无力。

第二天哥骑自行车载女孩回村。枣在棚里，谷在地面，玉米堆成堆等脱粒，细看都有潮气上升，袅袅如烟，有酸有甜。女孩小心坐定，听哥和妈说话，十九岁，要房，声音细弱无力，妈声气也微小，还小，再等等。气氛微妙，地下、隐秘、纠缠、幸福。没料到爸大声吼叫，你生在农村，要什么城里房。他笑着说，却更像定论，你个穷小子，生了吃天鹅的心，全世界都不答应。阳光热，风冷，女孩看到哥咬紧后牙关，没说话，用改锥开槽，呲，一条，呲，又一条，开了没几行，哥跳起来朝爸吼，生到村里怎么啦，生到村里就该在村里老死吗？爸说，没错，我爷爷的爷爷，你爷爷的爷爷，我爷爷，你爷爷，都在这里老死了。然后爸狠劲跺地，地皮纹丝不动。爸左脚踩着爷，右脚踩着爷的爷，他在地上一跺，地下骨殖乱躲，碰得"哗啦啦响"。天，蓝莹莹，凄楚得紧，爸又说，要买你去买，有钱你就买。哥动了动，没说话。女孩想哭。

回城后女孩好长时间不得劲，总觉得有个零件掉在村里了，被地下的爷爷们拽在手里，一下一下往回拉：回来吧，这里生你，也要埋你。再看胡天，也没有了生日时的热火朝天，女孩闹心了，同玲子花花说。两人刚失恋，玲子交了个高三生，每天抱着课本补作业，被老师逮了现行，紧急通告家长，送到市三中借读去了。花花通过《少男少女》结识日本留学生,"偶哈哟""空你起哇"两周没回信。小城新安装程控电话,每个单位一部,放在办公室。女孩和花花爬进去,木盒子锁着,能接不能打。花花说,提起话筒,长按下面疙瘩,等"嘟——"长音,击打开关,1击一下,7击七下,能拨出去电话,没有一次成功。

花花说,生活像糨糊,越扑腾越没劲。

玲子说,真想一下走到天黑,一闭眼就是永恒。

女孩问,我们的未来长什么样?

你说,当时稚嫩,相信表征,以为十八岁就会长翅膀,去往更高更远更长,像每天经过小城的飞机,机尾挂一条白烟,一眨眼看不见,轨迹如同诵念单词时的想象,撒克逊,不列颠,古老的日耳曼方言,那么美。

天已昏黄,一条光带贯穿全城,亦如凤身,凤头在北,凤尾曳南,均翘翘的,凤身起伏。一些树干匀匀立着,风一过,飒飒响,飘飘摇,把心吹得起了涟漪,亘古凉意透出来。

摄影师说,铺垫这么多,该到重点了。你要相信,灵魂有暗道,三十年得以疏通,自上而下,自下而上,由内而外,由外而内,时空暗合,收放自如。所以重要的不是你讲什么,而是你把一切讲出来。

是啊,时间如洞中水,看不到源头,只知道慢慢流不动了,淤积一点,蒸发一点,最终剩下凉风。你看教学楼亮起许多灯,我好像又坐回课堂,大声念单词,顺它来的方向,沿密西西比河走进异域,白皮肤,蓝眼睛,斯嘉莉,厄休拉。突然走神,胡天给我写了纸条,夹在英语课本,笔迹幽绿,有茉莉清香：晚上文庙见。心怦怦怦乱跳，一秒钟也坐不住。我去找班主任请假，捂紧肚子，腹股沟回折，眉头紧蹙。班主任老到一把年纪，没能识别我在扮演，演得太像了，她摸我的额头，被汗吓一跳，乃至惊恐。她让我赶快回家，像把缠在手上的一堆乱麻扔掉，像鼓励我堕落：去吧，孩子。跳吧，孩子。我惊慌失措，不止额头，全身冒汗，狂暴冒汗。我走出校门，朝文庙走去。

摄影师说，按你的叙述时间，当时正流行《一帘幽梦》，歌词多么好：我有一帘幽梦，不知与谁能共，多少秘密在其中，欲诉无人能懂。我们被裹挟其中，浑然不觉，所以你以为你经历的，不过是琼瑶阿姨的预设。我已经猜到结局，那年发行《我愿意》，王菲声线清透，天籁般空灵：我愿意为你，我愿意为你，我愿意为你被放逐天际……你一定为爱付出全部，所有，一切。

摄影师生起醋意，一点点，恰如其分，正好表达在意，又不至于拉低格局，对供述起疑。你小心伸出右胳膊，从他腰间穿过，又伸出左胳膊，从肚子上搭过去，腰比两臂合围略粗，你无法环扣十指，只好贴着他用力，一再用力。耳朵上有热气，一点柔软挨住它，朝耳郭里伸，湿湿的，痒痒的，从耳朵钻进来，全身蔓延。身体被一点点充溢扩大，一个开关被点燃。

你说，成年多可怕，会放大，过度解读。真相是还没接触就溃败。十七岁，我们都慌张，他经不起阻挡。

摄影师捏住你的脸坏笑，你的意思是差一点？哪一点让你觉得差一点？

那一点很玄妙，差一点都不行。

需要天时地利人和？

你专情点，听我讲。

分神，不由我。

做你女人风险大。

是你总受诱惑。

是你心急。

是你心虚。

品味话中有话，你将他抱了抱紧，身体某处复苏，隐约觉到害怕，耻辱感来袭，惊恐铺天盖地，四周没有人，却像被城里三十五万人同时见证。女孩来不及反应，羞红了脸，不敢再看，急匆匆逃窜。夜色浓重，像一锅黑色沥青，女孩一脚踩破禁忌，踏进恐惧、慌乱、迷茫，她跑动，夜风吹拂衣角朝后甩动，衣角簌簌有响，脚下泥土夯实，陷入更深。女孩不敢言说，又被巨大的言说的欲望驱使。城黑透，不多的街灯昏黄，光下围拢一群又一群土狗，互相追赶吠叫。东门头饭店炉膛朝外，讨吃鬼靠炉灰余温取暖，全身脏污，不停歌吟，嗯——哪——呀——哈——，以手击打出节奏，啪啪啪。落叶被风卷挟，飒飒聚拢脚底，经脚步碾压，软在路面。女孩不停跑，经过红卫广场、人民大礼堂、影剧院，经过高低错落的民房、机关楼、商铺，经过两排高大的法国梧桐树，栖居其中的灰鸟振翅并发出呱呱声，像警示，像提醒。

你说，后来我看《四百击》，多么像，仓促迷茫渴望，一路跑出青春。

摄影师说，特吕弗长镜头迷人，表达自我发现和成长。但是很明显，你的故事不限于此，否则不足以禁锢。三十年多么漫长，越想消融越坚固，矛盾变成顽疾。说着将你裹紧，耳边轻语怂恿，请继续坦陈。

你仿佛回到早自习。女孩拿着课本读，天灵盖受到一击。胡天经过她，俯低身子，鼻息从她发间穿行，气流停至太阳穴，憋闷。昨晚初见，他递过手，四指握住，中指在她掌心挠，像画圈圈，画对钩，一挑一拨。他问爱不爱。她小声说爱，怕被人听见，慌忙摇头。现在她怕被人看见，不敢看他，后背挺直，心怦怦怦狂跳，像被谁拿了尖刀划，一刀，一刀，又一刀。终于熬不过，回头。胡天正跟花花游戏，挑起一页书，隔着吹气，花花在纸那边歪头，朝里吸。

女孩想，嘴巴都挨在一起了。

心"哗"地一落、一沉。

女孩把感受记下，准备写够三千字，投给《少男少女》，培训班有作业，每周一篇，老师讲，真情实感就是好文章。写着写着不争气，泪落下一串，被玲子看见。

疑心多么重。女孩中午到校，看见抽屉被掀翻，课本凌乱，像浩劫过后，洪灾过后，一场残忍的大屠杀过后。

女孩心怀侥幸，当年课桌简陋，意外时常发生，也许哪个同学不小心。直到发现日记撕了几页，课本缺几角，慌了神。少女心事隐秘，经不起猜疑和解读。不久前有混混看上学校女生，跑到教室骚扰，没人阻拦，还四处散布谣言，是女生不检点。你察觉到四周目光围簇，佯装无知，不经意瞥过，钢丝一样罩牢。他们都是参与者，目标一致，分工明确，有人放风，有人布阵，有人撬锁，有人翻检，有人拿起大喇叭。消息以光速传播，凤头、凤身、凤尾，你是炸点中心，看着蘑菇云一朵一朵升腾，挟带恶意和猜度。

你听见一声质问，是不是你勾引？

一计惊堂木，证据确凿，还嘴硬！

一顶大帽子，不自律、不自重，自毁贞洁！

一声号令，处黥刑，荡妇认定！

小城记忆如生铁烙印，活过五十年，还有人记得开裆裤、尿床。你羞于想象，凝滞于座位。

摄影师说，记忆像导演拍戏，叙述目的不同，选取片段不同。你执着于潜逃和封闭，才不能遗忘。你看城市这么大，人这么多，谁会为你留一间房，关押你的过往？耻辱如风，时间是强大助力，早就吹散于风尘。

你说人老成精，逻辑推理能力再强，也要服从于想象。如果事情到此为止，只需要一个长镜头，跑啊跑啊跑啊，跑出青春迷茫慌张，跑向人生开阔成长，三十年多么漫长，足以看透看清，笃定如城墙。

让女孩惊惧的不是羞辱本身，是一股强大的暴力来袭。她看见爸妈和学校校长、政务处主任、班主任一起，像一股浩浩荡荡的洪水奔流，认定她是受骗者、受害者、惨遭蒙蔽的可怜虫。他们一左一右搀扶，更像挟制，将她塞进警车。妈说别怕，贴切、靠近，皮肤暗黄枯涩，眼角纹蔓延到颧骨，嘴角可怕下拉，像哭，柔弱冰脆，不堪一击。女孩被一个念头锋利一蛰：被羞辱的不是我，是爸妈。爸愤怒、生气、伤心、绝望，他喊着，抓人，一定得抓人，抓住枪毙。他眼里喷火，浑身颤抖，头发很久没理，前后甩动，上下蹦跳，像打了狂躁剂。你们看，你们看，他说，我家妞才十七。

女孩恨自己，没勇气说我愿意。

被要求躺上手术台，张开下肢。女孩清楚感知到目光深入，质疑、肯定、认知、偏见。全世界围观。她深呼吸，努力克制不看。作为监护人、抚养人、见证人，妈被要求在场，目光闪躲，神情忧伤，被世界裹挟前进，她未曾发出一句疑问：是不是？女孩眼里滚出一滴泪，她朝右侧了侧，擦到床单上。坐起来时，她有点眩晕，以为医生的诊断只有一种可能。

他强行，是吗？你不同意，对吗？是吗？对吗？是吗？对吗？警察问。

女孩只想结束，快点结束，是是是。对对对。以为做完笔录就结束，签名摁手印就结束，没想到三十年了仍然不能结束。

摄影师手下用力，将女人搂紧，发现她颤如灰鸟翅膀，浑身冰凉。他顿悟这才是高潮戏，是病因，是关键，是三十年无法跨越的鸿沟。想起她梦中惊悸，醒来后失魂落魄，双目呆滞，一遍遍说，好无力，被暴力裹胁，逼迫招供，我定我有罪，我不能辩驳。想到第一次，原来不是疼，是那点微弱的落红揭开谜底。受伤那么重，受骗那么深。他语生怜惜，这不是你的错。

不，是我的错。那天我才发现小城到处是垃圾，阳光腐蒸，散发出臭味。瘸子爷在湫水河翻拣，穿行于垃圾堆，铁叉精准，废纸片、破铜烂铁。我想我就是垃圾，我害了胡天，我隐瞒真相，我不敢承认，我让性质改变。胡天被带走时，警车轰鸣，全校师生围观，一座城震荡——强奸犯。黑污点将他淹没，狱墙一尺厚三丈高，一片小小的天。我想我会去看他，给他写信：等我长大，等你出来。当时琼瑶剧流行，白吟霜一袭白裙忧郁哀伤，阔大衣袖朝后甩，带着生相随死相从、生生世世不离分的气息，带着轮回的坚韧和疼痛。问世间情为何物，直教人生死相许。我要对他说，生死都不怕，牢狱算什么？

你说，年少无力，想象匮乏，我以为这是结局。我们太年轻，不敢承认，不敢否认，被铁网罩扣紧，任由两股力叮叮咚咚，胶着、挑衅、对峙，这件事和我们相关，其实早就和我们无关。

摄影师说，若非知道结局，我真想见见他。

现在想起来心疼。有人看见，他穿蓝色棉二氅，相当于现在短款棉衣，没系扣，里面只穿一件薄衬衫，风朝后掀翻，露出一点白肚皮。他不抓车把，四脚张开，任由摩托车像灰鸟一路俯冲，撞向一辆大卡车。

你说过不下十回，活一天赚一天，你同学十七岁就死了。原来是说他。

他死得不安心，已经踏上黄泉路，还受人间撕裂。后来我总觉两件事同时进行，他爸爸急于证明、急于撇清，讨价还价，他付出性命用以自证。多么惨痛！

三轮车屁股冒烟，嘟嘟嘟驶进院子。将它停止时，爸朝右倾斜身子，右胳膊伸出，像抓一把风。等它停止狂啸，爸进窑，一股味道跟进来，西北风、黄土地、红枣树、牛羊粪、十五里黄土路、破碎落叶、失败人生、无望明天。女孩静静看着。

胡天爸爸说，需要签谅解书。像劝解更像挑衅，发生的已经发生，得到补偿才重要，不是吗？

爸拿起两页纸，沉下脸。怎么能说自愿呢？自愿的话，我们报什么警？胡天爸爸不说话，自手提包往外拿钱，一沓，两沓，三沓，一共七沓，整齐放在炕桌，很厚。爸端起水杯喝了一口，嗵地放下，喃喃道，自愿的话，你们给什么钱？他不忍错开眼睛，盯一会儿，松开，又匆忙看回去。罪恶般燃烧，又热烈又放肆的七沓蓝，像七道火热激光，焊紧他。女孩也盯着，盯久了麻木，像小人书书脊，另一种形式的展现，状态与状态的转变。

不给钱，你能得到什么？胡天爸爸站起，朝天指，就是判他坐牢，一枪崩了他，你妞能变回去吗？现在什么社会，你去学校问一下，还有几个处女？他回头拎起一沓钱晃了晃说，给你钱是解决问题，告诉你，就是你们不收，胡天也不会被判刑。你问问你家妞，她有没有递过小纸条，有没有跟胡天说过我爱你。

爸面皮松动，不说话，抽烟。烟气缭绕混入光线，随性起舞，有些伤感。他摇头，点头，又摇头，又点头，像被谁附了体，不由自主。最后他把烟头扔在脚下，俯下身子照着写。这双手离笔太远，离字太远，他提起、落下，字与字之间缝隙极宽，又极窄，每一个都呈现出不同于印刷体的变形、幻异，极不和谐。她茫然看着，看他努力写得清晰、周正、好看、准确，看他终于写完，像耗尽心血，把笔扔下，伸出中指，摁上粗笨手印。

七千块，性质再次改变。女孩被带去公安局，在指定位置签字，手指摁进印泥盒，海绵软塌塌、湿答答，她来回滚了滚，指印饱满，留在纸上。白纸黑字，盖棺定论。"我愿意"。女孩傻乎乎想，只要帮到他，过程可以忽略。甚至延伸，昭告天下，从此获得恩准，和他一路爱到黄昏。小城有先例，只要大人默许，上学恋爱，毕业结婚。

夜黑尽，小城被灯带装扮，愈显凤鸟华彩。你从记忆中回来，俯瞰河渠街那一片，四墙高合，门窗低矮，每家只露狭小一点高窗，通达世界。那天你回来，钱铺开一炕，蓝莹莹一片，爹扭头不看，只是抽烟，烟雾溢开好大一片，他被圈在里面，隔了良久，才有声音传出来，我不该出卖你。妈探过一只手，想拉住，你闪躲开。月光从窄小天窗照进来，洒在炕上，四个人一动不动，像尸体，腐化、溶蚀、消解。

你说，其实我比胡天死得早。

胡天下葬那天，飘过一片云，很像他，高，帅，鼻子坚挺，像刘德华。女孩心悸疼痛，哀哀悲伤，想听他再问一遍，你爱不爱我。女孩说，我爱，我爱，我爱。隔了几天，胡天妈妈把她堵在路口，边哭边质问，你害死我儿，还好好活着。她摇晃女孩，像摇一条破面袋，摇一架烂木楼，你把我儿还给我，你把他还给我啊。女孩像行尸，任她摇。

文庙内魁星楼被灯带装扮，优雅迷人，你指给摄影师看。共三层，底层八角形，青砖垒砌，上有砖雕飞檐斗拱，猫头滴水，塔门上镶嵌石匾，匾额篆刻魁星像；二层砖木结构，内墙砖砌，有八角圆形窗户，外有八根明柱，支撑八角厦檐；三层八根明柱，厦檐为攒尖顶，六边形。"笔锋"由黑釉陶瓷建成，直径一米，文笔参天。你说，走前最后一夜，我去那里把一切烧光，发誓此生不再回来。

摄影师没说话，将你搂得更紧。十五里外，你的老父亲两鬓斑白，泪眼迷蒙，他讲述当年慌张，学校程控电话打到大队，围观人群激愤，都说这事得报警，马上报警。善意、正义、道理，形成众意，集体捆绑，你父亲不得不从。后来胡天爸爸要他退钱，他说幸亏没花，不然一辈子良心不安。一架飞机掠过夜空，摄影师听见你叹息悠长，你将右手远远伸出去，五指叉开，像要抓住，过了很久很久，才将手收回来，两拳紧握。青春被撕裂，能消融疼痛的除了时间，大概只有成长……

有凤来仪

小城四面环山，都有官称，我们记不清，统称东南西北山。四山凹凸有形，合围成城，状若凤鸟，头在北，尾在南，身子硕肥，绵延西东。据说当年建城，八位阴阳师手执四十八层罗盘，堪舆九九八十一天，闭门谢客七七四十九天，八份设计图重合，城始定型。沿湫水河修造官路一条，如脊管贯穿鸟身，衙门是心脏，位居正中，鸟身鸟器严谨，官商士绅，羽翼繁复，不拘定规，才是布衣白丁。有人迷信，说小时候听见有凤来鸣，音色清亮，状似唧唧。听者故意，唧唧复唧唧，木兰当户织，将话题岔开去，唯恐他从头讲起，山海经，沃之国，仁义礼智信。奚落如雷震，飘一阵就过去，我们无论如何想不到，半生浮沉，三十年跌宕，此人还有机会翻身，相片洗了车辘轳大，隔一段路挂一幅，标注专家，学富五十车，才高十八斗，把脉城市发展。

等一九九七年西山公园建成，锣鼓喧天，鞭炮齐鸣，说是开了凤眼，站上八层塔尖，看得清方圆百十公里风景。我们欣喜若狂，排队去攀登，兑换硬币把眼睛送上观测镜，只看得见眼前。老干部大发雷霆，集体去县里控诉专家夸大其词，他们说，一百公里都到市里了，坐车都得两小时。信访局局长搬出设计方案、地理位置、物理图示，老领导啊，这是视力局限。人眼看不见，可地球还是圆的呀。

木已成舟，我们只能接受。但上山没有行车路，台阶又窄又陡，有人调侃，再多几个九十五阶，准能戳天个窟窿，胳膊攀到凌霄殿，把玉皇大帝摇下来。吧唧，四脚朝天。年轻人嘴硬，笑话人老腿无力，跃跃欲试，几趟下来，不见人影。西山公园成为杀人者和自杀者的天堂，我们除非有事，从不去那里。

又过了几年，永宁著名的摄影师王浅放高无人机，捕捉凤鸟形态，添加数据和照片，贩卖"天然氧吧""森林康养""吸氧洗肺"概念，吸引外乡人前来，帐篷扎进西山，赤脚踩在地面，和宇宙一体，深呼吸。更多人为了一睹凤身凤容，驾车前来，小城方位不正，他们东张西望，上下左右，傻傻分不清，总被诱引，土菜、土狗、土猪、土鱼、土鸭、土鸡、土鳖，都吃遍。小城一改往日闭塞，车来车往，人来人往，钱来钱往。

我们替专家遗憾，死得早，没等凤眼睁开。

然后就发生了一件先后登上《临州新闻》和《永宁新闻》的大事情。公元二〇二四年四月三日晚，西山公园飞翔一蓝一红两只火凤鸟，身长十米有余，鸟身丰满绚丽，羽翼巨大灵动，通体如火焰燃烧，互相缠绕嬉戏，时高时低，时快时慢，隐伴梵音，如神伴奏。

起先我们不信，直到视频播放，我们才看清，在这个被神祝福的晚上，有四个女人出现在西山公园。火凤擦着她们的身体飞过，唧唧有声，如倾诉，似叮咛，四人四身四念四心，同时应激，和凤身连在一起。

陈明玥

我给梁方发信：一念起，万水千山皆有情;一念灭，沧海桑田已无心。准备用一周时间，从客观到主观，从物质到精神，将他涤除干净。再用一周把自己嫁出去：高于一米八，瘦于一百六，八块腹肌，有车有房。最重要的是扯证，头靠头，肩并肩，笑对笑，取得国家授权认证，名正言顺睡一张床。我把他的个人物品列出清单，一二三，四五六，标注购买时间、地点、起因，请他在其中一列填写是或否，为防态度不清，我附加条款：两日内不明示，视同默认销毁。

八年前，我提拉杆箱，在南门客运汽车站招停一辆出租车，让"一路向北"开进政法大院。司机从我翘起的尾声听出乡音，断定我间断性外出归来，还没来得及调整口音。不停探问，我如实相告，法学院刚毕业，揣着崭新法律执业资格证，未来要在家乡执业。小城没有夜生活，天一黑四处无人，司机一溜烟开进大院，这里那里看一圈，把我送到律所。

没几天，梁方捧九九九朵红玫瑰等在门外。小城人见识浅，传播消息快：小伙情深，从江苏赶来；大一到研三，恋爱七年；陈明玥绝情，没说理由就要分。隔几分钟我妈撵来，追问是不是,梁方点头如捣米,系系系。我妈就把梁方领回家。晚上我和他约法三章:不婚,不孕,不生。梁方说行,只要和你在一起。

所以这属于重大隐疾,不能与人言。

老实说,没有朱琦和苏吉红,我也不会疑虑重重。

朱琦爹开胳膊,探测器从前到后。测到一半她要走,被法警一声喝住,半条腿缩回去。手机、钱包、化妆品、钥匙,她一边往外掏,一边紧紧盯着我问,他来了吗?眼眸里的光,明了一下,极快灭了,一种被全世界遗弃的落寞。我很清楚,不管叶小兵来不来,上诉本身意味着希望将落、梦想将落、未来将落,所有向好意愿都落空。叶小兵在婚姻中的撤退如魔咒,一旦解封,就在朱琦身上茁壮,非但第一次胜诉不能使它偃息,这辈子她都会受它蛊使。

"噌"一下,我被剐了一刀。刀尖锋利,自肋骨隙缝插入,直抵心脏,我看见它被触碰,未来得及诧异,已分两瓣。像过往数次一样,一半与一半交织、纠缠、争辩、抗拒,互不相让。最终,一方盖棺定论:傻子,把我和朱琦合并同类项。

我没想给朱琦代理。白费劲。我们这里人心淳朴,宁拆三座庙不毁一桩婚,不管男诉女,女诉男,统统驳回去。除非扯了离婚证,分配财产子女,法官才认真。可主任说,你不代理,谁代理。我只能认。因为帮女当事人说话,有两个男同事遭围攻。来自乡间的男方家属无法理解立场,受激情指引,不停指责,颠倒黑白!混淆是非!胡说八道!更有甚者，恶毒诅咒：不得好死！断子绝孙！生个小孩没屁眼！律所就我一个女人，Women help women，Girls help girls，没啥好说的。

一开始，朱琦信誓旦旦，她明艳地笑，带着把握世界的自信，对叶小兵充满爱。他不会跟我离婚的。她说，眼珠又大又圆，像两颗玻璃弹珠，叮咚叮咚弹唱心音。你一定要相信我，我怎么能说假话呢。苏吉红捏着薄薄一页起诉状大笑出声，不说假话，说笑话，天大的笑话，爱她为什么跟她离婚。原告：叶小兵。被告：朱琦。诉讼请求：与被告离婚。事实理由：没有夫妻感情。作为铁杆闺蜜，苏吉红时常做评价担当，我觉得她借此获得活着的唯一乐趣。我说我信，爱就是爱，不爱就是不爱，人怎么会不知道呢？苏吉红反驳，你信的不是爱，是立场，就像你服务的是立场，不是真相。

朱琦生得漂亮，活得漂亮，自带光芒，随便一站，就是众目焦点。行走的衣裳架子。活广告。女人们因此信任，买啊买啊买，她就成了有名的小富婆，身家百万。可我们这里的人有劣根性，恨人富贵笑人穷，对某件事想不服气，就自由运用想象，非说她的财富跟服装店无关，主要来源有三，一是叶小兵跟黑帮老大厮混，二是叶小兵在赌场屡屡得胜，三是朱琦跟某富豪的奸情。苏吉红对三大来源头头是道，都说绝对可靠。这么两个人，哪配谈爱情？

朱琦笃信叶小兵爱她，笑盈盈说，你看他，小孩一样，我吵了两句，他就要离婚。原告三十六岁，被告二十七岁，新婚一年，无子女，不涉财产分割。我问，朱琦说叶小兵只要求离婚,他净身出户。这不合乎常情。有什么不合常情的,他俩又不缺钱。苏吉红说,不是叶小兵出轨就是朱琦出轨,这年头,谁绿谁都是绿,受不了就得离。但我懒得深究,只问朱琦愿不愿意。她说不愿意,他爱我,真的很爱,这我怎么能感觉不到呢。他就是跟我赌气。我捏着薄薄一页纸,很想告诉她,不想离婚就跟他上床,拿出十八般武艺征服他。傻瓜,要这样,你还挣什么钱呢?苏吉红说得对,我欢迎别人把很好解决的事情搞得不好解决,这样我才有用武之地。我照着身份信息填写代理合同和授权委托书,让朱琦签字。她握笔犹豫了,仿佛一签字,她脑门就钉上"离异"标签,她扔下笔,拨打电话,长长的忙音把她的笑意和自信一点点蚕食——从那一刻起,她就长了霉斑。

那是十个月前,我第一次见朱琦。出门前她再三跟我核实:如果不进入庭审阶段,只付五百块。当时我和她一样,认定叶小兵会撤诉。

对于"撤诉"一词,苏吉红没有及时评价,她被自己给绊住了。有天晚上八点半左右,她打电话给我,把车开过来。我开过去,不见人,打电话,见她帽子口罩大墨镜,从一棵大柳树后踅出来,一步跨上车。盯住。她指。黑色帕萨特,流线漂亮,屁股结实,被路灯照着,泛起古陶质感。这不是你家赵禹吗?嘘。她紧张打断,好像赵禹是一只苍蝇,一阵空气,一缕月光,一句话工夫就神不知鬼不觉溜进去,发动它,驾驶它,不光离开她的眼球,还离开地球,离开宇宙。我揉她一把说,神经啊,到底什么事?别说话。她狠狠说,继续盯。我不管她狂躁暴怒，发动车子，带她离开。

他有别的女人了。哭闹过后，苏吉红疲惫地说，精致脸子上蒙一层死灰，一颗泪无声挂了三秒钟，消失了。我将她搂在怀里，被一种情绪击中。

我说，这种事要讲证据，不能胡说。

我没有证据，但我没胡说。

婚内出轨是过错方，有证据法官才会向你倾斜。

谁说我要离婚？她冲我狂哮，我又不爱他，为什么要跟他离婚。

好像我的提议很荒谬，她又连续嘶吼，我又不爱他，凭什么离婚。这么说我就不明白了，不爱，不是更应该离开吗？可我不是这方面专家，我自己的感情就在一团乱麻里，所以我只好闭嘴。她觉得说服了我，又讲了好多大道理，在我就要被她征服时，突然想起赵禹吐槽，她得了疑心病，有受迫害妄想症，总觉着我欺骗她，我为什么骗她。一张床上躺了七年，连这都不知道？我装作没听见。当时我在等梁方——我们信守承诺，一个未婚，一个未嫁，八年同居，格局未变。

朱琦铁定叶小兵爱她。苏吉红铁定自己不爱赵禹。梁方到底爱不爱我？我渐生疑虑：当初"约法三章"是梁方蛊惑，是他一点一滴灌输，以观点强行改变观点，让我盲目。我八年不动摇，也是受他不断强化、提醒。

你爱我吗？

爱。

我不和你领证。

结婚证不会让爱情保鲜，只会让爱人变仇人。

你没有小孩。

你就是我的小孩。我爱你，如父、如兄、如弟、如子，集中所有的男性角色爱你，如母，如姐，如妹，如女。

婚姻是爱情的坟墓。

是的，我理解你。

结婚后会厌倦，会争吵，会冷漠，会轻视，会失去爱的能力。

是的，我尊重你。

爱情比婚姻更重要。

傻瓜，我做出这么大牺牲，就是离不开爱，离不开你。

人只有离开物质才会死，离开人不会死，何况爱。苏吉红痛心疾首地说，你就是被爱毒害了，爱会变的，今天爱明天就不爱了。上一秒爱，下一秒就不爱了。我没反驳，同情她，一个不相信爱情的女人，哪里会有爱情。

朱琦通过安检。我们一起经过候审厅，经过长长走廊，来到第八审判庭。门虚掩，走进去，一股冷气扑面，她打了个寒战，坐上被告席。

庭内肃静，书记员打开音响，一个声音不断提醒：不准……不准……不准……不准……朱琦眼神痴痴，看着面前的电脑屏幕，视频正切换到原告席。跟上次不同，那里还没人。

上一次，叶小兵早于我们坐进审判庭，那是我第一次见他。不论从哪个角度审视，他都清冷如冰。我和她没有感情。他一口咬定，甚至在朱琦痛哭流涕陈述他爱她的诸多证明后冷冰冰说，那只是假象，是演戏。我不爱你，从来没爱过。

不可能！朱琦屡次打断，都被法官温和制止，被告，让原告先说，轮到你时你再说。

原告不说了。

我戳戳朱琦，你说。她不说，拼命哭，两个膀子一耸一耸，声音忽高忽低，如果不是我强拉，她铁定冲到叶小兵怀里，哭到地老天荒。直到庭审结束，法官退场，叶小兵离去，她依然不能自持。她说，他爱我，他真的爱我，这我怎么感觉不到呢。

演戏给谁看呀，这年头，有谁离不开谁的，何况她那么有钱，何况她那么漂亮。苏吉红我告诉你，衡量爱的指标不只有物质，还有精神。可我不想说，反复思量，原告没有"不爱"的证据，被告也没有"爱"的证据，法律规定，他们爱不爱，由法官自由裁量。法官认定他们爱——没有胁迫，没有家暴，没有出轨，没有可资斟酌的其他事体，既然结婚自愿，当然认定有感情基础——判决驳回原告诉讼请求，维持双方婚姻关系。

判决在九个月前下达。

九个月发生了很多事情，比如赵禹终于被苏吉红抓了现行。

痛快！苏吉红端起酒杯一饮而尽。四十度玫瑰汾，清香型，二百二十五毫升，入口绵柔，饮后留香，回味悠长。她说，你没有看到他的表情，被雷击一样，木了，变形了，当场吓尿了。我从没见过他那样。我把截图调出来，他抱着她，两个人都在笑，她说他爱我。我爱他。永远相爱，不弃不离。吻你，不多，就一生；拥你，不长，就一世。我把照片甩了他一脸，我说离婚吧。

我又给她斟满一杯，这次她没端，定睛看着，不，我不离婚。我又不爱他。

朱琦说，我爱他，我不能跟他离婚。

苏吉红说，我不爱他，为什么要跟他离婚。

梁方说，我爱你，我可以不跟你结婚。

我的智商情商都不够，想这些容易失眠头疼内分泌失调，所以我把精力都放在工作上——起诉状副本，答辩状，证据目录，四份证据，我翻了一遍，在A4纸答辩状页头写下一句话：爱情不具有实物性，它不能被拿来拿去，但它可以由具体的事例证明。证明材料就在电脑桌面，举证质证环节会当庭播放。

朱琦没有这种心机，是我私下授意。我说，小视频，电话录音，微信短信聊天记录，都行。

她照办了。

四份视听资料。我看过三次，叶小兵看见朱琦受伤，焦灼心疼，投入深情，娇纵包容。一个爱女人的男人——你就是受立场引诱。苏吉红嗤之以鼻，她说，你割破手跟谁求救他也会第一时间到场。你娇滴滴卖萌，一百个男人有九十九个会受诱引。我斥道，不要用邪门歪道扭曲爱情。她朝我翻着白眼说，不知道你真傻还是装傻——我把它们打开，又试了一遍。播放流畅，音质清晰，内容录成Word文档提交给了法庭。都是间接证据，没有爱的直接证明，没有什么证明爱的合法性。它们互相佐证，就是我在庭上的利器。

我默念一遍代理词，准备好恰当的语气音调，发现朱琦极度不安。怎么还不到呢？她不停看表，不停朝外看。庭门紧闭。

拿到一审判决朱琦就没那么坚决了，她用红笔画出一句话：原告叶小兵反复陈述其并不爱被告。痴痴盯着，足有几分钟，反复问，是不是我不够爱他？她坐在吧台，右手食指轻捻鼠标滚轮，将一首《像鱼》切得七零八落：我要……记住……你的样子，像鱼……记住水的……拥抱，像云在……天空中停……靠……

天已昏黄，她隐入暗黑，像无助的孩子。

我说，感情的事，法官做不了主，谁也做不了主，还得你自己争取。

她说，以前我认定他爱我，可他爱我为什么跟我离婚？还是不爱！

我被这句话击中要害，它跟爱我为什么不娶我异曲同工，我永远无法洞悉真相。我没办法劝解，她纠结的，纠结了我更长时间。除了偶尔癫狂，法律没有教会我妥当的处理方法。

我拿出手机，苏吉红在微信聒噪：开完庭了吗？到底有没有出轨啊？他们到底为什么离婚啊？

这世上哪有那么多为什么。

一审后叶小兵找过我。原告在判决不准离婚的六个月内不得再行提起离婚诉讼，是吗？他问我。我说是的。他脸上冰冷削减了几分，看起来疲累或空洞，他一手旋转纸杯，一手摩挲A4纸的边角，那是判决书首页。

请你做做她的工作。

你还要跟她离婚？为什么你一定要跟她离婚？

你不懂。

是的，我不懂，我真不懂。我正和梁方冷战。我说，梁方你不能不负责任，我把最好的八年给了你。这不正是你想要的？我们就是为彼此负责，才不婚不娶，你忘了？他边说，边将我拉向他，我狠劲挣脱，男人爱女人的唯一标准就是娶她，给她一个家。他在一尺之外嘲弄，然后吵架，分手，争夺孩子，争夺财产，结成死仇？爱情有无数种走向，为什么你要拿最悲催的那一种类比？因为这是你对爱情的唯一设想。梁方说，你别忘了，约法三章的是你，不是我。我吃了哑巴亏，不能说服，不能被说服，竖起钢铁壁垒，不理他。

我没法做朱琦的工作，我说我只是律师，不是她妈妈，要知道，感情的事情，连妈妈也无能为力。叶小兵站起身，我以为他要走，不料他在地上转圈圈说，你怎么这么不懂事，我必须跟她离婚。你知道吗？必须离婚！我不能害她，毁她一辈子，你到底明不明白啊！

我不明白！我说，请你把话说清说透，为什么？她没有在感情里患得患失，死心塌地爱你，对你一心一意。

蠢女人！都是些蠢女人！他咬牙切齿，走了。

朱琦第二次委托我时，说叶小兵搬出去了，不知道住在哪里，跟谁一起。但她受我蛊惑拨打电话时，他接得很快，来得也很快。

除却一纸婚书,我跟朱琦的境地一模一样:都是感情的弱者,不知道怎么把付出的收回,不知道什么是爱什么是不爱。总有个结横在心尖上,动一动,浑身疼。我想让梁方懂,我真不在乎一纸婚书,但我在乎他的态度。我进不得退不是,前不得后不得,舍不得,是因为爱。但他不能以此为柄。

我让朱琦放心,我一定像对待自己的事一样对待你的事,倾尽全力替你挽回婚姻。

你也只剩表态了,《中华人民共和国民法典》规定夫妻感情破裂就许离婚,可天底下有多少夫妻感情破成渣子了还在一起过着。苏吉红你说对了,爱情就是这么个东西,没有标准衡量,不能直接量化,可它却是世上最美的存在。切,她朝我翻白眼,说书本把你教坏了。

时间又过去一小时。主审法官把第三次穿上的法官袍又脱下来搭到椅背上,对书记员说,给原告打电话。书记员埋首手机,脸上折射幽幽蓝光,听言,反应了两秒,拨号。关机了,她说。那再等等。

感情是两个人的事情,即便走到法庭,对一般民事案件适用的"按撤诉""缺席判"也不能运用于离婚案件,简言之,原被告双方必须到庭。

我把这一原则告诉苏吉红,我说老天爷都无法裁决,何况我。她不,非逼我写"忠诚协议":夫妻应互敬互爱,对家庭、配偶、子女要有道德观和责任感。特别强调:若一方在婚内出轨,要赔偿对方名誉损失及精神损失共计五十万元。

给不了爱，就给钱。她愤愤然，把五十万改成一百万。

你俩是一家，他的钱不就是你的钱？

真到某些时候，就不是。

我羡慕起苏吉红，她能把感情物化，把忠诚物化，把婚姻物化，而我不行，我总跟梁方谈爱情，像谈空气，抓不着。

苏吉红押着赵禹来。我把协议打印两份递给他们，苏吉红看也没看，提笔就签。赵禹却看了足有十分钟，看着看着，一缕冷笑自嘴角泛起。他说，我不签，这太荒唐了。你是心虚。苏吉红呲呲。

赵禹最终签了协议。他说，从今天起我就死了，苏吉红你记好，今天起我就死了，你跟一个死人在一起，吃在一起，喝在一起，睡在一起。

我毛骨悚然，苏吉红欢快地笑，我宁愿你死，也不想看你跟别的女人骚情。

等回家，我拍着桌子喊着，梁方咱们得谈谈，我要跟你谈谈。我本来想学苏吉红，让他签"忠诚协议"，发誓这辈子非我不爱，不跟任何人暧昧，做不到，给我一百万。但等他从书房出来，毛茸茸的眼睛看我一眼又一眼。那是两眼老井啊，我们八年走过的路，看过的山水，说过的情话，都酝在里面，缓缓升起一丝，都是浓情蜜意。他走过来，把我揽进怀里，手温柔地抚上头发，我心里的毛刺就这样被他一根根驯服。我说梁方你知道吗，我好爱你，我真的好爱你。他说傻瓜，我知道，我什么都知道。

我就这样虚弱地说服自己。阿Q，你就是阿Q！苏吉红说着说着就哭了。她说,你能说服自己,还是因为梁方爱你。如果不爱,你会失去所有底气。一个人爱不爱你,你总会感觉到的,不管怎么说。

朱琦越来越不安,她不停地拨打电话。听筒的回复是您拨打的电话已关机。

出事了,肯定出事了。她说。

会有什么事呢?

我不知道,但他从来不这样的。他的手机二十四小时为我开着,他不会让我找不到他。

不会来了。我想叶小兵不会来了。把待播文件一个个关闭时,我有种严阵以待却被告知出局的空虚感。书记员关闭音频,聒噪一上午的"不准,不准"总算停歇了。审判庭静极了。再等半小时。法官把披散的头发往后拢了一把,露出清秀的脸。她还很年轻。

朱琦的手机就在这时清脆响起,什么?公安局?……

我们立即明白,叶小兵出事了。

后来我让苏吉红猜,到第十七次她求饶,到底为什么?

因为爱。

是的,我爱她,越来越爱。第一次会见叶小兵时,他只说这一句。我又去会见几次,他才告诉我,我以为没人知道。我逃出来,逃得很远很远。我说我是黑人,没有户口,干爹信了,他让我跟他姓,给我落了户。我买房买车,还结了婚。没人知道。可我忘不了,刀子穿刺皮肤时,又沉又闷,鲜血喷涌出来,带着热的骚腥。我想忘,可越想忘越记得清,我甚至听到他留在我身上的叹息,一天比一天大,一天比一天哀怨。我不能用借来的半条命爱她,不能在偷来的岁月里爱她。我爱她,就应该和她离婚,让她享受更好的爱。

有些话我没跟朱琦说,她也知道了。才十六岁,她说,还是个孩子。

四月三日上午刑事案件开庭,朱琦来得很早,坐在旁听席第一排。法警押着叶小兵出来,她说,我爱你。叶小兵看她一眼,她又说,我爱你。声音不高不低,正好让他听见。

朱琦说,我爱他,我不能跟他离婚。

苏吉红说,我不爱他,为什么要跟他离婚。

梁方说,我爱你,我可以不跟你结婚。

到底什么是爱?

西山公园少有人来,我们攀九十五级台阶,踩在泥土地,眼前开阔,小城躺在襁褓,被落日漾出诗意。我寻找痕迹,像拿放大镜检视藏宝图,一条路一条巷,看见我们一齐走过的脚印,不规则却规律,一二三四,二二三四,泪迷蒙眼睛。

苏吉红

事后陈明玥告诉我。飞机如灰鸟降落小城,她等了许久,方看见郭凤珍。头发蓬乱,身形萎靡,似乎不是走出来,是被传送带一节一节送出来,她显然没有判别力,跟着人流机械移动,直到她迎上去叫姨,仍麻木不见一丝缓冲。双目耷拉,红血丝如铁丝箍在眼底。拉手,未反应,手心一团卫生纸，湿透。

明玥说，阿姨眼神岂止绝望，是荒芜，像看到世界尽头、时间尽头，什么都没有，白茫茫一片大地干净。

明玥说，真不敢想象。

咖喱在郭凤珍怀里挣扎，不停抗议，姥姥你弄疼我了。姥姥你放开我。姥姥你快回你的东北去吧。

退休教师郭凤珍惯于征服，将咖喱搂得更紧。三天前她接到赵禹电话，从加格达奇起身，两天两夜滴水未进，做了最坏打算：是开始也是结束，是过去也是未来。我坐在最后一排，机翼是巨大隐喻，提醒我，人都受制于某种约束和规范。老天将你生在大兴安岭，你就是大兴安岭一部分，你不该扔下我跑这么远，被局限和偏见迷了心。这是命中注定，你早该洞见异样，从你踏进这里第一步，你就应该察觉到，你不会被小城接纳。你应该离开，把这里当遗迹，燃起心香，凭吊。

我说妈你别说了，我不会离开。我爱赵禹，赵禹也爱我，我们要在这里扎根。

我妈和赵禹迅速交换眼神。

我装作没看见。

一年前我剪了短发，板寸，露青皮茬那种。出门后我把罩在外面的宽大连衣裙脱下，卷起，塞进包内，照着镜子化，粉底、眼影、睫毛膏、口红，厚厚一层，又一层。

我招手叫停出租车，南门，客运汽车站。想起第一次来，赵禹搂着我。带我去他上学的地方、玩耍的地方、每天回家都经过的地方。他恨不得把我没参与的前二十七年解剖、切割、拉直、抚平，托在手心向我摊牌：你看你看，你看呀。七年后，他的小贱人申请添加我为微信好友：你好爱情。

大巴车脚踏板太高，我把裙子往高提了一下，迈上去。靠窗座位坐满，靠走廊空着几个，正犹豫，一临窗男子站起来紧让，对我说，坐这里吧。他随手把包拿过去，递上行李架。用不用调一下？他问，牙齿白得晃眼，一直龇开，手朝上指。空调正对胸口，凉风犹如一张温柔小嘴，将细汗一点点吮吸，正舒坦。我摇摇头。他调整了座椅靠背，把双手交叉放在腿上，过了一会儿，又把右胳膊举高，把空调口往外拨了拨，对我说，女孩子不敢一直吹空调。我朝他笑笑。

环城高速凌驾于小城之上，通向无数出口。大巴车如一头稳健老马，把田野一截一截甩在身后。变幻的风景让我疼痛。生下咖喱，我没有离开过。小区、幼儿园、菜市场以及围绕小城的变与不变，是我生活的全部，当初赵禹选择我：安静、老实、适合当老婆。他册封我为家庭主妇，恩许我独守空房。再往前，他以增加房产证姓名、上交工资卡，不断俘虏我。

赵禹说，房子都给你，钱都给你，你还不信？

我说，心呢，感情呢，爱呢？

我不信。

小城凝滞如沥青，粒子分子固定，我作为外来物被合围。偶尔会怀疑，一城人全是同谋，待我如受拐卖妇女，合伙挽留，善意接纳，将古老笑容悬挂头顶，用"哪里黄土不埋人"

消磨理想。从这一点说，观念比刀枪棍棒更容易困人，我被锁在这座城，离不开。

我动了动，屁股和坐垫粘在一起。细小纤维被剥离，死死粘在身上，或飞扬在空中，被经由无数人吞吐产生的气体席卷，厢体内东摇西晃。肉随之紧缩，蜷在一起。我下意识挺胸、直腰、竖脊背，把肩胛骨朝后拉伸，两块肉互相挨不上，但它们靠近。这让我舒爽。

小贱人申请添加好友的信息传来时，我正煲鸡汤，电砂锅调至三档，温度由高至低，十粒枸杞，五粒红枣，伴着葱白、干椒、茴香、八角，在汤水里浮浮沉沉，鸡块慢慢出油，香气扑出来，满屋萦绕。你好爱情！头像里一泓绿水，泛着幽幽光。我通过，点开，一张图片出现：赵禹搂一个女人，在笑。我一惊，待细看，对方已经撤回。她的朋友圈：他给我吹头发。他给我洗脚脚。他给我买姨妈巾。他喂我吃饭饭。他爱我。我爱他。永远相爱，不弃不离。吻你，不多，就一生；拥你，不长，就一世。

我把信息看了三遍，图片看了八秒，十指紧扣的背后，双唇吻合的瞬间，还有多少不可与人言？为什么不承认呢？

男子一步从车门跨到座位。喏，给你。他递过来一杯奶茶，热气萦萦，被空调口吸着朝上飘，我犹豫了一下，接过来。这个也给你。他又从背后伸出一把小野花，小小黄黄，细细弱弱，总共五六朵，被捏在一起。我被奇异感召唤，不由自主接过来，送到鼻前。热汤温软，小花滋养，把我俩那点距离迅速填满。

你也去桃花节？我问。

对。明天是我和我老婆相识三周年纪念日。一年桃花节，年年桃花节。

你们每年都去？

我每年都去！等了三秒，他说，她死了。

泪从他眼角迸出来，斜射进来的阳光照着，闪了一下又一下，像刀锋，一刀一刀刺入我的心。我难过起来，看见我死了，赵禹不等把我埋葬就和小贱人上床（物品被一把火烧光；记忆被一点点顶替；咖喱被放进寄宿制学校，孤儿一样生活；我再无痕迹。房子都给你了，还不爱你？钱都给你了，还不爱你？可你把陪伴给了她，把温情给了她，把笑脸给了她。该死的）。

经过一片茂密桃林，花香经过无数只被春日暖阳醺醉了的鼻腔、眼睛、耳朵、嘴巴，自缝隙插进来，穿进我体内，我被它鼓胀得失态，一只手穿透空气阻隔，在他腿上拍了拍，说，生死是常态。

早没事了。他顺势将我拉住，握在手心，一瓣屁股随之贴近，我感觉他全身血朝一处涌，像远处起伏的山脉，无遮无掩（我对此后一切浑然无知，不然会在此时，或者更早之前结束）。他鼻息越来越近，越来越近，终至停留在我脑袋上方，头发太短，头皮承接到他的吻，像点燃一根引线，在全身爆开。

我怀着恶毒的报复欲，"你好爱情"！赵禹坦露手机，你查，你看，哪里有？机器没有善恶之分，人才有是非之意，为显清白他删除、记录、图片、朋友圈、物质痕迹。声音呢，眼神呢，爱的气息呢。我爱你！我也爱你！永远相爱！不弃不离！如重锤狂击，心悸不已。此刻、每刻、无时无刻，小贱人的蜜意。问世间情为何物，赵禹你忘了来时路。

斯德文说，我们来一场说走就走的旅行吧。

我想都没想，说，行。

大巴停在高速路口。网约车等在那里。他揽腰把我送进后排，自己也挤进来。去最大的购物商场。他说。

凭借腕力，我不得不倚靠他前行。他有两条大长腿，鼻梁高挺，眼睛似笑非笑，被人信任。我被送进试衣间，一件接一件试。他点头，或摇头。跟理查·基尔在《风月俏佳人》里对薇薇安一样。一段爱的旅程。我默许他买单（他刷信用卡，为偿还账单不得不节衣缩食，也许他刷的是别人的信用卡，因为到期未偿付被他人逼债、诉讼、加入失信人名单，从此不得高消费），看着他打开卡包，捻出一张卡，用拇指和食指夹住，递过去，输入密码时他说，三七二十一。服务员扑哧一笑。我从领口看到腿（袍子又长又宽，把全身裹得严严实实，又不是。走路时，它随身体一晃一晃，像水做的，活的，一波一波荡开），我扭了扭腰，它阔阔展开，我把它里面的一切都看到了。看到就看到，人不需要欺骗自己。

想到赵禹也这样护卫小贱人，从旁走过的路人侧目注视他们时，一定如同注视我俩。我再一次坚定，赵禹我要背叛你，一如你已经背叛我。我们相拥走在大街上，两旁柳树低垂，一根一根起舞，我的心也随它一起一伏荡漾。

郭凤珍要视频聊天，被拒绝。理由是我在外面散心，不方便连接。我们隔着距离，两千五百七十二公里，三十二年排斥抗拒，控制与逃离，她是我的因，我是她的果，我们互为报应，无法亲近。赵禹洞悉这一漏洞，正如赫拉克勒斯发现大地之子的秘密，在此之前，安泰俄斯力大无穷，不可战胜。赵禹将我征服，带回小城。高大梧桐树落下的阴影罩满路面，虫鸣鸟叫如歌吟，自由欢快，人来人往亲切，像自家人，谧若桃源。我被小城吸引，而非赵禹，留下来。

"你好爱情"给我发来图片和信息，我看都没看，删除了。我把电话也关了。世界于我而言，只有一个人（斯德文），一件事（旅行），一个念想（时间搁浅，我们不间断缠绵缱绻）。经山西去陕西，经陕西飞青海，把旅游平台推荐的景点都看了，都转了，都玩了。

那里天空湛蓝，号称天空之镜的茶卡盐湖也湛蓝。我们十指紧扣，一步一步往深处行进。随处可见大大小小盐溶洞，在平整的湖面洞开，旁边端立红底白字的警示标志写着：危险，禁止踩踏！我蹲下身，将手探入，搅动一周，触摸一周，只觉周旁结晶盐粒的粗糙，中间一泓水，冰凉彻骨。极目进去，无际无涯，深不见底。盐溶洞的尽头，会有另外一个世界吗？我朝上斜瞄，碰到他的目光，正温柔看过来，他对我说，我们试试！他一步踏入。盐溶洞本只尺余宽，一经触碰，竟扩大至数倍，将他半条腿没了，并以强大吸力继续吞噬。左脚、左腿、腰、右腿、左脚、胸、左手、脖、右手，这将是斯德文被吞的合理顺序，最后他会在湖面留一双眼睛，看我被他牵着，以右手、右臂、头、颈、左臂、左手、胸、腰、双腿、双脚的顺序被吞入。这样的殉情方式适于被文字追忆，或者，当作某部科幻片的开始，我们成功进入另一维度，开始生命之外的生命，光阴之外的光阴，空间之外的空间。世界浓缩在他手心，他将我一把搂紧，因为用力过猛，心脏受到挤压，心跳更加强劲。

回来后婆婆数落，你到哪去了？说好三天，结果十天才回来，害得我没办法参加旗袍秀。咖喱扑过来，反复问，妈妈你到底去哪了呀？我朝后一缩。

赵禹不在意我有没有离开，他身上的香水味，前调玫瑰，中调玫瑰，后调玫瑰。浓郁刺激，我想就这样吧，赵禹，问世间情为何物，一物伤一物，咱们就互相伤害，互相背叛，互相撕裂。我不爱，我不在乎！

然而爱像火苗，熊熊燃烧，烧得人疼。我搂紧咖喱，被一个念头折磨：分开十三天，斯德文没联系（我没他电话号码，爱要靠情感供养），再也不会见面了？想起我从他手心脱离，他浅浅笑意传递出坠回人间的稳妥，温软情话征服，一个又一个耳朵，炙热眼神刺穿，一个又一个灵魂。我不能心安。

斯德文屈起右手指关节，咚—咚—咚，咚咚，三长两短，中间停顿五秒，又咚—咚—咚，咚咚，他的气味自门缝穿入，蜿蜒入心。

赵禹将门把旋开，问，你是谁？

新搬来的，住隔壁，请多关照。

斯德文和新鲜蛋挞一起进来,他们寒暄客套,我闻嗅到他的体味,被愧疚死死揪住(没有消息的十三天,他以希望开道,用信心担保,各种询问,才找到702第三手房东。出于安全考虑,这个先后将房子租给小姐、保险推销员、大学毕业生、落魄单身汉的壮硕男人一再盘问,排除了抢劫、同性恋、商业间谍等种种可能,才与他签下一纸合同)。冷汗自背脊徐行,汇到腰际,溻湿睡衣。透过卧房虚掩之门,我看到他坐得笔直,蓝色休闲装和表情一样得体,自然,松弛。

我在门后盘桓、纠结,紧紧握着门把手,把铜捂成液体。突然他回头,四道目光自空里交结,啪啪激火,吞噬一切,时间、空间、万物、世界。这就是爱,这就是被爱,我越发确认,我没有爱过赵禹,赵禹他不爱我。明玥说得对,爱不爱,人总会知道,骗天骗地,人骗不了自己:悸动、慌乱、甜蜜。

第二天送咖喱去幼儿园,一开门,对门也开了。早上好!斯德文朝赵禹说,边蹲下身对小咖喱说,还认得叔叔不?

蛋挞叔叔。

真乖。你上哪个幼儿园啊?

双语幼儿园。

这么巧?他站起身,我就在幼儿园旁边上班。

是吗?赵禹说,居然顺路。

赵禹发动"帕萨特"时,斯德文驾白色"自由光"从停车场驶离,右屁股一闪一闪。朝东行驶九百二十三米,左拐,至秧歌广场,北行一点七公里,而后右拐,就是双语幼儿园。

斯德文一边从后视镜观察，一边调整车速，使两车不远不近。赵禹在幼儿园停车，自由光在前面两百米拐入一幢大楼。紫光科技。微软雅黑。加粗。竖排。银白色。亚克力。LOGO下有个七位数电话号码。

我乘三路公交车返回，白色"自由光"在路口拐弯，停在我面前对我说，上车。我迫不及待，越过换挡把头和他拥抱。空间逼仄。

你相信爱情吗？

我相信。

你相信人为了爱情什么都干得出来吗？

我相信。

你相信有些事一旦开始，就只能结束吗？

我相信。

你相信我接近你是想谋你的财，害你的命，搞得你家破人亡吗？

我相信。

早晨七点四十五分。我站在楼道，窗户涌进来甜丝丝的味道，是七年前我抛下郭凤珍，远离加格达奇，奔赴小城的原因。我受它之蛊，如同受"你好爱情"之蛊，源起于赵禹——他抬起腕子看表。就在这时，斯德文将门打开。

又一次心鼓乱捶，丘比特粲然一笑，拉弓射箭，正中心门，扑通扑通。陈明玥，我相信爱，就理解你。赵禹，我理解你，就原谅你。郭凤珍，我原谅你，才能接纳你。在此之前我不相信爱情。父亲出轨医院护士，被人看见两件白大褂缠在一起，家属院传言，除非小护士在，苏明德拿不动手术刀。郭凤珍不信，说，老苏是什么样人，我还不知道吗？可等苏明德病逝，她清理物品，相片都不留一张，一百四十三平方米那么空。

郭凤珍说她恋爱了，夕阳红。我同学早发过视频：阿姨开心，每天衣服换三身，赤橙黄绿青蓝紫。我无所谓，她高兴就行。血缘天定，各成体统，小城没人知道郭凤珍，白大褂被回收，粉碎、拆解、再生，布里来布里去。我好奇她征询，难道时间让角色互换，我成为威严的母亲？不可以！不行！

不好意思啊，起迟了点。斯德文抱起咖喱，后者正用赤裸手臂擦抹眼泪。怎么啦？放心，叔叔开车快，不会迟到的。

我顺他们身后进入电梯，咖喱被斯德文用胡子蹭腋窝，咯咯笑出声，赵禹也呵呵笑。

我们在停车场分开，赵禹朝东，我们朝南。我看到他拿出手机看了一下（小贱人在召唤：来呀，快活呀。心率瞬间提起，心脏疾驰堪比高速，一脚油门到底），然后朝我瞄。我迅速钻进车里。咖喱一边挥手，一边喊，蛋挞叔叔，下午别迟到哦。

嘘，别说话。斯德文加了两分力道，把我搂紧。我们拥得激烈，贴得很近，密不透风。

你是个好女人。

可他不爱我。

不不不，他爱你。所有一切都是因为他爱你。

他爱我，就不会有别人。那女人天天给我发图，朋友圈秀恩爱。

是假的。赵禹不爱她，她就来激怒你。她以为赵禹离婚后会娶她。

你怎么知道？

有这种可能。

世上有一千一万种可能。我不信。

"你好爱情"更新了朋友圈：有一种爱，叫陪伴。配图两张：四只放在沙滩上的脚，两大两小，紧紧挨靠；一双映在青石板上的影子，一高一低，甜蜜拥抱。

五天前赵禹排兵布阵：一号到十三号去北京见客户。他一遍一遍摆顺毛巾、牙刷、洗护套、内裤、衬衣、拖鞋。早晨又演戏演全套，匆匆出门后折返，拿起遗漏的剃须刀、喝水杯、连锁酒店会员卡，他用左手搂我肩，右手搂我腰，告诉我，晚上把老斯的饭一起做了。当时我就该怼他，我不光给老斯做饭，还跟老斯做爱。现在我极度后悔，迫不及待，想让他知道。赵禹估计会愤怒羞耻，血气炸裂地说，离婚吧，离婚吧，离婚吧。

我会回他，好的！好的！好的！

下午五时，斯德文沐浴、更衣，乘坐电梯到负一层，驾车离开小区。他将在二十五分钟后停在幼儿园附近，凭借接送卡通过警戒线，守在门口，等待中五班小朋友排队过来。

当那个浑圆的肉体脱离地心引力，结结实实被搂在怀里，我正往面盆打第四只蛋黄（我将它们打散，倒入由白砂糖、

153

炼乳、淡奶油、牛奶混合而成的液体，搅拌均匀，倒入蛋挞皮，放进烤箱，上火238度，下火220度，烘烤二十分钟）。

郭凤珍告诉我，正参加终局考试，成败在此一举。母女三十二年，才发现她是恋爱脑、傻白甜，被对方拿捏。我难得清闲，大段文字鼓励：人和事都一样，趁新鲜，活一把，爱一把，恨一把，失望一把，希望一把，因为时间迟早会改变一切。

汤在煲锅内咕嘟，最后一道菜摆上餐桌。时钟指向下午五点四十五分，这个节点，世界上正发生三件与我相关的事情：

一、电话响起，一个苍老的朝着死亡日夜兼程的声音最后清嗓，你儿子被绑架了，快准备一百万赎人（前面九次中，他的音调音质音量毫无起伏，频率节奏拿捏得恰到好处，恰好让我的心脏戛然而止后勉强搏起）；

二、斯德文把咖喱抱起，举高高，后者因为目力不及想象提出抗议（蛋挞叔叔是比爸爸有意思，但我还是爱爸爸，想爸爸。他每天晚上与赵禹视频，听不出他敷衍，也想不到有人从旁百般阻挠）；

三、航班如巨鸟缓缓降落，滑行过程中，赵禹耳朵进入蚊虫，嗡嗡鸣响，不得不腾出搂抱小贱人的右手（或左手），紧捂双耳，或许还要轻轻揉搓，等飞机平稳（他跟滴滴平台约车，或拨打95128，先送小贱人，因为过分黏腻，司机连摁喇叭，催促了十来分钟才把他们分开）。

四十五分后，电话没响，在排除关机、静音、故障以后，我把它握在左手，静静等待，右手因为无聊，一根一根捏头发（头发长起来，先将耳轮掩盖，接着耳舟、耳屏，慢慢将耳垂也吞了。我就慌了。一是荒草般没法打理，二为剪不剪犹豫。我把长发照片给斯德文看，他说喜欢现在，清爽，干练，决断，果敢，人生就该断舍离。断谁？舍谁？离谁？）。我把三千根头发摸过，把五千根也摸过。我想咖喱不可能被绑架，电话一定打错了，像充话费充错号，转账转错号，找人找错号，发觉错了，就不能再打，再打对不起良心，他应该登门向我致歉，告诉我他是被迫，走投无路，解脱不开，只好绑架。

咖喱缠着斯德文去德克士或麦当劳，用两只胳膊搂紧他脖子，肉乎乎的小脸蹭上去，喊着，叔叔，叔叔，叔叔。像前几次一样，叔叔难以抗拒，只好做微臣、贱妾、卑职，受他俘虏，听命于他。

就这样，我乐观地等了一个小时，又一个小时，直到月亮作为夜的使者驾临，街灯给整座城披上霓裳。

斯德文是你什么人？

邻居（他就住隔壁。赵禹说。一会再问你。警察说。咖喱怎么啦。我问）。

他什么时候带走你儿子的？

早上他送咖喱，我不知道他有没有送到幼儿园（是的警官，他顺路。警察皱起眉。你先等一下，请配合我们工作）。

为什么你每天接到绑架电话，还放心他接送孩子？

咖喱每天都按时回来。

155

赵禹试图敲开702，门沉闷响一声，纹丝不动，他拨打紫光科技电话，对方说，没有这个人。楼体把阳光折堵，投下巨大阴影，像怪物，慢慢移行。我活在这团阴影里，斯德文和咖喱也是，现在他们去了另外一团阴影，或者另外一个世界。我以世界已经完蛋的绝望看着赵禹，他也同样看着我。

七层。二十一米。大地温柔的召唤。我爬上，跳下。

脑浆在水泥地面迸出。

身体被撞击、撕裂、擦伤。

鲜血呈溅落状、滴落状、抛甩状、喷溅状、流柱状、浸染状。

三平方米皮肤同时死去。

五百万个毛孔同时闭合。

三百万个汗腺停止呼吸。

三百万根汗毛瞬间萎缩。

赵禹，你让我怎么活。赵禹一把拉住，不会有事的，相信我。他如深海托载我，浮浮沉沉，荡荡漾漾，恍惚间我听见自己不停问，你爱我吗？你到底爱我吗？赵禹说，我爱你，我爱你，我爱你。我不能区分，被现实和梦境混淆，看见一大片灰白色雾霾从眼前浮起，漫卷周身。咖喱被斯德文蒙眼睛，塞嘴巴，缚手脚，他先想：爸爸啊，妈妈啊，快来救我啊。想了几十遍无人呼应，又喊，爸爸啊，妈妈啊，我要死了呀。斯德文等不及，说，撕吧。撕吧。撕吧。呲。如撕开一纸婚书，撕开结婚照，撕开过去现在，撕开时间空间。呲。

赵禹给郭凤珍打电话，妈妈，她不吃不喝。

郭凤珍从一片狼藉进入另一片狼藉，被苏明德白骨拽紧：来吧，这里是存在的意义，是时间和空间的尽头。离得那么近，触手可探。她只能承接，幸与不幸，遇与不遇，欢与不欢，一场又一场，一次又一次，虚无，荒凉，空茫。

她说女儿，我爱你。我第一次看到她柔软，苏明德没给过的爱，改变了她，终将改变我。

心悸悸的，疼。

斯德文抱起咖喱，举高高，举过头顶，让他坐在他脖子上，雄赳赳朝前去。蛋挞叔叔，你要带我去哪儿啊？去看大河，大山，大树，大地，看每个人这辈子都要去的地方。我们什么时候回来啊？明天，后天，或者大后天，或者一辈子。你带我离开爸爸妈妈，他们会想我的。

斯德文在警察臂弯里平静，对赵禹说，这一切都是因为你，你要怨就怨你自己。我爱她，我真的很爱她。可她不爱我，她爱你。我想成全她，没有孩子你一定会离婚，一定会娶她。我设计好一切，可我抱着咖喱走得越远，越没有底气，我看到爱情作为我实施犯罪的唯一依据已经离我很远很远，远得没有一点味道，一点颜色，一点声音，原来我凭借记忆巩固的爱情，不堪一击。我就回来了。

咖喱拉着他说，蛋挞叔叔，你什么时候再带我去玩啊，那里可真美！

他摸着咖喱的小脑袋说，你已经是男子汉了，以后你带爸爸妈妈去好不好？

好！咖喱扑进我怀里，身上有淡淡青草气息，同斯德文身上的味道一样。我呕了又呕,胆汁喷溅在叶片上。

时光如风缓缓流过,一缕一缕霞光铺洒于西山公园。云从橘红色变成暗黑、宝蓝,及至一层一层泛白起来,熠熠闪光。赵禹背对我站成剪影,等我靠近,我没动。郭凤珍几次挑开话题,被我岔开。过去决定现在,改变不了现在,我不乐意将精力耗费在过往。何况结局已定。

郭凤珍

电话铃声打乱"贪吃蛇"阵脚,被我控制的红色大蛇化成团雾,融在眼底。它活了三十四分钟,身子壮硕,行动笨拙,只能蜷在角落,等着吃,或被吃。我沉迷的理由是战胜——如果不出手抗拒,孤独会伸出八脚抓挖,每一脚都有八十八只带刺尖爪。

结局已定,年轻时逆不了天命,老了,老了,逆不了人命。

我对鱼德坤说,认了。

三年前,一双巨手操控,把我和鱼德坤一左一右拎定,扔在黑亮阶梯上,它被乘务员放下,不情愿"嘎答",卡死,需要单手或双手理顺。同一辆绿皮车,同一方向,同一目的地——"回"到失去配偶的"家",空间意义、情感意义相同。天王盖地虎,宝塔镇河妖。我俩相视一笑。后来我怀疑那是对旅程的恐惧,像对独居恐惧,对未知恐惧,对一个人去死恐惧。火车挤满人,他屁股一再朝我挪,空出更多位置给老婆婆，她一只膝盖坐一个小孩，并放任他们打闹。偶尔他觉察到，朝外挤，让我松动。君子，会体贴。

相谈甚欢。即将抵达时，他歪脑袋睡去，鼻头矮塌，双眼细眯。有时在镜子里看见，我也遗憾，恨不能提捏揉搓，让变化，此刻看见，又如此亲切。自恋而他恋，是局限，人活得表面。苏明德嘴硬，趣味难以遮掩，后来他与白大褂纠缠，那么刻意，样样作对，标尺量角器，高低、胖瘦、薄厚、大小、宽窄、深浅。他遭了报应，没等退休就病逝，医院撬开抽屉储物柜，收集一箱爱的见证。一把火烧光。苏吉红因此芥蒂。我恨她身上的血，目光一模一样，烙了印。人不能逆行，选错苏明德选错人生，再没有一个人余生相守，夕阳情深。我于是冲动，自包里摸出圆珠笔、卫生纸，借纳兰性德《浣溪沙》抒情：谁念西风独自凉，萧萧黄叶闭疏窗。写完他醒了，要看，我藏，一夺，撕烂了，各捏了一角，笑。

回来后鱼德坤像幼稚少年，不停发送暧昧图片，我都没回复。半世沧桑，受尽感伤，有免疫力。防患，最好于未然。直到有一天，他展开那角卫生纸，拍照，说，你字写得好。

我仿佛看见画面：展开、铺平，手指细致抚摸，卫生纸质地柔软，稍一用力就卷曲、揉烂，他提防，小心翼翼。我在他指下温软，欲望被拉伸，回他，这话暴露你见识浅，或者虚伪。

我对你无防，你对我不犯，无非惺惺相惜，一种情绪，两重表露。

我看见你的想象抵达之所。

我想象你的看见抵达之所。

送你一挂南墙。

收你二挑忧伤。

许你三昧人生。

回你四两千斤。

文字呼应着，舒展、弹跳、有生命，快感丰盈灵魂，感情日益升温，两颗心终于贴近。咚咚，咚咚，他拿指关节叩击，节拍节律相同，令灵魂颤抖。我受到鼓舞，一颗心欢畅，有如人生最初，情窦刚开，容易脸红，激动，对一眼就心悸。我把房门钥匙给他，授权他随时来，指配三居中最大一居归他，更新被罩褥单、室内装潢，挂180号上衣，三尺腰宽裤子，四十三码鞋，五十五厘米头围帽子，甚至不惜重金，以他右手食指指纹为模，黄铜雕刻，定制专属饰品摆在床头。他说我幼稚，不像五十八。我说对了，爱你，永远十八。含笑看他，再浓情也不够，想为他做更多。有情关情，以物载情，再没有其他事能让我如此兴奋。

我强迫他剃须、梳发，脱光衣服到处走。把指纹、足印、毛发、皮屑、纤维留在一百四十三平方米每一厘米之内，不舍清理，让它们沉浮。有光，无光。有影，无影。等他离开，我不知疲倦地温习，认定他还在，空中眯眼看，偶尔开怀，落一串笑，把捆绑我的寂寞击碎。

起初，我把芸芸众生都看成他——人类基因不过有限种种，好比作家码字，左右不过三千五百个，随心组合。单眼皮、双眼皮，高鼻子、塌鼻子，薄嘴唇、厚嘴唇，我只需用意念微调。后来，我把花鸟鱼虫看成他，把山川河流看成他，把日月星辰也看成他，全世界就只剩下他。你来，你快来，你快些来。

鱼德坤说，你不能这样束缚。

我把这句话展开、拓宽，看到本质。鱼德坤凭借这一借口拒绝，不过因为源头站立更重要的人——横亘在他生命里，不会被拆分，哪怕已经去世，埋进地底，变成累累白骨。我羞愧不已，苏明德早教我看透，活着没有意义，我的终极是死。我告诉自己，我俩矛盾从头到尾坚硬，不会因为爱和时间改变，不会因为我与日俱增的依赖改变。想象无力填满空缺，一旦当真，漏洞更甚！

比起热情、爱、希望，悲观麻木更容易接近，我强迫自己冷静。

加起来一百二十三岁了。鱼贵向人吐槽，每天还逼老头说我爱你，你说她要不要脸？她们模仿他，嘴一撇，露出被虫蛀空的牙。我们跳广场舞，网购两面高开衩露大腿旗袍走秀，偶尔出游，披挂五颜六色的纱巾，但她们没有"我爱你"，一辈子没听过"我爱你"。我爱你我爱你，生也爱你，死也爱你。

苏明德就不说，不说就不听。不是人生必需品，饿不死。

我做好心理建设：不见就不见了，今天不见，明天不见，后天不见，大后天不见。这辈子不见，下辈子不见。不见是好事，可以结束，重新开始。人不能挂在一棵树上等死，何况人老树老，都朽空了，风一吹就倒。

鱼德坤却来敲门，咚—咚—咚。钥匙插入匙孔，转动，一圈，两圈，三圈，吱呀。他像没经过恶战，把我裹在怀里。我想你，我不能不见你。

被爱，被娇惯，智昏，我如鼓风机嘶嘶喘气，恶毒攻击，你不要见我。你凭什么见我。你活是她的人，死是她的鬼，死了要埋在她身边。迫使他亏欠。

我们这里土葬，夫妻同穴，"生在一起，死在一起"。与其说为着恩爱，不如说为着后代上坟方便，他们恨不能把祖宗十八代都葬进一个坑里，烧一次纸，点一次香，磕一次头，生活越来越快捷，哪有时间？鱼德坤还活着，已经被埋进土里，躺在她身边，他敲一敲棺材板，亲爱的，咱回去看看。手拉手，肩并肩，沿岔开的小道走进家门。你看呀，你快看，他鼻子像我，眼睛像你。鱼贵在躺椅上摇，三十七岁，已经像他一样秃掉。他满足于工作稳定，收入固定，扳指头计算，月租金八百，一年九千六，十年九万六，二十年十九万二。他预备在八十岁死去，最少留一百万。

他被这样计算，只好腾房，让儿子收房租。他做饭、洗衣、打扫房间，带三岁孙女乘坐电梯。人类繁衍像霸王芋，叶片里抽出叶片来，新的萌芽，旧的很快死掉。他在濒死的第二节，上有八十八岁老母。隔着阔大空气，我由下而上，他由上而下，像窃贼犯被抓了现行，他不自然笑，弯腰，像搀扶疲惫的老奶奶，急切抱她离开，她杀猪般嚎叫：

我不回，爷爷。

我要坐梯梯，爷爷。

你是坏人，爷爷。

爷爷。

爷爷。

爷爷。

她把情绪带回家，一只脚探进门，一只脚还朝外扑腾，断奶两年，她保存吃奶的劲抗拒世界，气沉丹田，哇，放出声响，老练如活过八辈子的女人，她扭动身体，痛苦倍增，眼里却不掉一滴眼泪。他没办法阻止，只好松手。儿子儿媳同时出声，怎么啦宝贝？不哭啊乖，亲，我的小可爱。一边用眼神瞄，无声谴责。他靠墙坐下，面向客厅，像经年累月扎在这里，做一场不曾醒来的梦——若干年前，他像儿子一样，把儿子捧在手心。儿子一哭，他就心疼，想把全世界摧毁。时间没有起止，一茬一茬的人在它掌心里活着，死了，把前人经历过的再经历一次，又一次。一次次哭，一次次笑，一次次以为天塌下来，而天仍在撑起。

加格达奇人烟稀疏，我和鱼德坤演大戏，接续白大褂的传说。为防观众热情，擅自增减剧情，我将消息告给苏吉红。她没反应。

我不在乎！我想象她冷漠，跟我有什么关系？三十二年母女情，我没能力让她亲近，母爱早被苏明德剥夺。有一次苏吉红没考及格，我随口问原因，苏明德就说，她这么难受，你还斥责。苏吉红受鼓动，离家出走。夜黑如沥青，手电筒扫向地面，只照到飞尘，街上一个人没有，一点声音没有，一只黄色流浪土狗跟着我走了一程，缩脖子躲回角落。世界不复空阔，天地交融一起，沉重得让人绝望。我一条街一条街找，一条巷一条巷找，只在友谊食堂炉膛底下，看见一个像灶灰的人，他靠炉火不灭的温度喘息，眨巴眼睛，他说，你走开，这是我的地盘。后来我坐在甘河畔绝望，想跳河，一点点泡烂，喂水草、水蛇、蝌蚪和青蛙。苏明德就在医院，在高窗前，看一星灯火游移，看我被绝望吞噬。苏吉红不会察觉，受苏明德怂恿，她轻车熟路，离家打后门去医院，留我整夜不眠。

我有苦难言，不愿给死人抹黑，说了苏吉红也不信。人对人的误读，靠语言无法校正。我看出她敷衍，基于义务和良知，隔三岔五问候。对她而言，也许我和苏明德一起死了，开视频是凭吊，像打开死人影像，慰藉自己。她给我汇钱，发大量图片，劝我去养老院，有陪护，还有诊疗。远嫁七年，她忘了加格达奇人稀，养老院只负责"死"，看护都是老人，把更老的人当玉米秆粗鲁对待。我在他们手脚下恓惶，如鸡如狗，老得连肉都没人吃，等死。

我对鱼德坤说，实在不行，算了。

鱼德坤说，我们堂堂正正，不丢人。

他像做错事的孩子，贴着鱼贵坐下。电视里，雌雄双狮正在交好，两团蓬乱毛发粘紧，震颤不已。阔野风动，空中掠过两只飞鸟，啾鸣三声。他端起水杯抿，一口、两口、一口、两口。直等孙女累了，儿媳抱进卧房。才开口，只露一点边角，被尖锐拦阻。鱼贵说：

都六十五了，你好意思说，我不好意思听。

这话题到此为止，你不在社会上活人，我还要活。

你要跟她走，就永远离开。我们活着不管你，死了也不埋你，全当没你这个爸。

他惊呆在原地，不相信真的听到了。思绪如尖刀，一点一点剔除仅有的希望，像剔开怪兽巨大毛麟，他窥见它的血肉、骨架，细密排列着一行行汉字：不行！不能！只好住嘴，回屋。九平方米，一床，一窗，他长久站着，黑里看黑，暗里看暗，心事消亡，慢慢死去。

我六十五了，心脏不好，颈椎不好，腿脚不好，走着走着就休克。鱼德坤和我说，不断地，重复地。我说是啊，我们都一样，马上就会死了，现在黑土埋至脖颈，不能移动。想到《楢山节考》，山离人老远，老鸹不吉嘶鸣，白骨累累叠叠，宿命巨大的轮回。

苏明德的棺材"底四帮五天板六"，十几个人弯着腰身，屁股翘起老高，嘴巴不停吼叫，向东向东，你再往后退一点儿，呼呼喝喝像玩游戏，一点儿不庄重。挪动烦琐，却简单，像宋丹丹把大象关进冰箱，一二三，就是全过程。半小时后它摆进墓坑，四面雕花，大头朝南，飞檐翘角，小头朝北，福禄寿喜，东侧八仙过海，西侧龙凤呈祥。苏明德对小护士再有百般承诺，也不留一丝情绪，孟婆汤让他遗忘。我由是心灰，对鱼德坤说，随缘，能见见，不能见就算了。

鱼德坤说，你不能这么残忍。

没有谁能对你残忍，只有你对自己残忍。

我不能不要他们。

这正是他们要求的。

我也不想失去你。

这二者并不冲突。

他凄惶一笑，我看到强大的宿命。

骨灰撒到空中，爱落哪就落哪。二妹在许多场合重复这句话，强化亲友记忆。等我死去，她名正言顺拿到财产——遗赠扶养协议。甲方、遗赠人、被抚养人：郭凤珍。乙方、受赠人、抚养人：郭芳珍。甲方去世后所有财产归乙方。她以此为盾，准备抵御全世界的质疑。根本没有，这主意就是苏吉红拿的。

苏吉红说，只要不把她饿死。她猜到我不想和苏明德埋一起，死后继续受冷落。

郭芳珍隔几天来一次，蒸馒头、包子、炖排骨、鸡块，塞进冰柜。有时带一儿一女。起初他们只是不小心，才让我看出，现在越来越明显，只差敲锣打鼓唱起来：零存整取。合法占有。迟早是我们的。你快点死吧，求求你了，就快点儿去死吧。

人终有一死，不是今天死，就是明天死，不是这样死，就是那样死。对经历过的人来说，死不比语言狰狞。手机屏幕上，显现一行又一行字，像怪兽从沼泽深处冒出来，披散狂野长发，垂吊硕长舌头，龇开尖利獠牙：

狐狸精，老得剩一把骚骨头，还勾引人。

别不要脸了，留一点颜面去见死人吧。

我跟你形同路人，恩断义绝，请不要再自作多情。

我无法回复，世界由物质组成，无精神容身之所，越强调精神，越显得神经。我看到他被鱼贵缚在门后，面壁思过，一日三省。他从此不来，我以习惯置换习惯，慢慢腐朽，落入时间的掌心。天阴沉，阳光藏在浓云背后，有如心被肉身遮挡，我光脚在地板上踩，足印覆盖足印，想把痕迹抹平。这里，那里。他来过，他走了，痕迹比空气执拗。

然而他又来了。推开门，我俩同时探手，像茫茫大海中两叶浮萍。他头发掉了许多。楼下门面房外，挂着植发补发的招牌，年轻的阿米动员过几回，人不只是为自己活，要取悦别人，你为什么不呢？为什么呢？他克服不了的只有自己，无法忍受头顶突然出现一簇毛，再密织也是外来物，不会呼吸，不会渗露，只有可耻的自欺欺人。他们含笑，吃了灵丹妙药吧？眼神贼窃，秘而不宣。他不能忍受，把左边头发留长，毯子一样盖住右边。有风吹过，头发乱飘，他五指叉开，把它们捋回去。后来他戴帽子，贝雷帽，渔夫帽，棒球帽，却发现不过是更其深刻的暗示。现在，令他无比珍视的头发集体出逃，像同谋威逼：离开她，你必须离开她。

我生起疼惜：为什么来？

你还在。

你不该来。

它们还活着。

他添置的植物长势兴旺，不断抽出嫩芽。他躬身察视，剥离老去枯叶，浇水，施肥，松土。阳光照住他，和植物影子一起斑驳，一半留在我身上，一半踩在我脚底，揪得心疼。

鱼德坤说，明天你来。

他双腿直立，膝盖绷直，腰身弯折四十五度，桌头敬到桌尾，这头游至那头。然后，拿起麦克说，有件事，我劝不动自己，想求你们定夺。你不能说。鱼贵一步抢过，夺走麦克。刺啦，音响杂乱轰鸣，他被拖拽，一柱花篮倒地，粉色白色绿色红色，踩过来踩过去，烂在脚底。松开！鱼德坤说，让大家定，不同意我就死心。五十五岁以后，他骨头缩了三分，肉松皮弛，外界一丁点打击就直捣内脏。咚咚咚，砰砰砰。心肝脾肺肾。人老了就活回过去，把一辈子身经百战的经验遗忘，只凭恃内心就敢和全世界对峙。让开，所有人，和事，都让到一边，让我来。他带着一股不达目的誓不罢休的劲头，从儿手下挣脱。他说，今年我六十五岁了，到我妈这个年龄，还有二十三年。二十三年是多少天，多少小时，多少分钟，我怎么活？

门被重重踢开，二妹带领一队人马冲进来。不要欺负我姐。她以庞大数据佐证，学识、容貌、身家，你均在中下层，何德何能？一看就是居了叵测之心，骗婚。不行，不能。众人同声，不行，不能。他被两股力量轮番击打，全身血水倒流，跌在地上。

一场寿宴，致敬八十八岁的老母。

我把耳机塞进耳洞，走出宴会厅。事情与我有关，与我无关。充盈灵魂的，恰恰是摧残的动力。无比热望的，只需一点反向力，就成千上万一溃到底。去势比来势凶猛，我需要清理。错乱的脑神经兀自纠结，能不能，行不行，肯不肯，得拽一个决心，割骨疗伤，彻底医治这个伤！

四月三日，鱼德坤选择"加格达奇——哈尔滨——北京——临州"航线，用时两天两夜，来到小城。像乘坐一列身长两万米的绿皮火车，我在车头，他在车尾。因剧情延宕过久，生疏，目光递过来有距离。可被咖喱轻易打碎，咖喱说姥爷你不回东北了吧？鱼德坤说是呀。他经验丰富，很快和咖喱打成一片，两人像多年老友，一见面就欢喜。

肖 红

事后回想，肖红真正被我们认知，是二〇二四年三月十七日。小城历来无法医，偶有需要，县医院腾出手术床，恭迎各路专家莅临，迎来送往，接待宴请，详情不被民众熟知。多年核算，懂行的人说，费用顶得过一幢楼。由是设立法医科。

五年前，法医学硕士肖红独占鳌头，国考独木桥上挤掉三百二十四人，方才入职。我们无知，只探得工资财政拨付，社保齐全，未来无忧。小城著名的媒婆把头发高高梳拢在头顶，像鸟窝留一个洞口，插进去一把发簪。她摇着它东门出西门进，成功配成三十七对，其中十四人离婚后复婚，八人离婚后交换对象再婚，五人交底要独身，她仍不死心，有点希望就拉拢。她以自己的专业精神为肖红安排过四次相亲，均告失败，下了定论：学历太高、阅历太深。人把人都看清看透了，还能对人有什么希望。

她把话放出去的第二天,有人在秧歌公园看见肖红和陈政。

众声喧哗,陈政斜靠廊柱,亭下读书,左腿很长地延展出去,右膝束住,勾在腹沟。这个姿势能柔韧肌肉关节,时间过长,则血流不畅,麻木酸痛,乃至僵死。果然,几分钟后,他换了一下,右腿延长,左膝侧盘,仍旧陶醉。其时一架紫藤被光照满,筛下点滴银光,让人联想他在古代,疆场征战,打得酣畅,胜负难解。

肖红距他二十五米坐下,盘腿,打开速画本。高髻、长袍、战靴、长戟,飒飒古风刮过,有来自西域的冷。她打个寒战,掀翻一页。痴情公子单恋,绣楼探手不及、爬梯难入,处处铜墙铁壁,兵丁日夜巡逻,盯的就是你。你有飞檐走壁之功,我檐下壁上等你。你从天而降,我张开大网。除非你变一口真气。柔弱书生万事不能,望书嗟叹,眉间眼底愁绪宛转。她细细勾,慢慢描。

看见的人说,像拍电影。等肖红画完,离手,抬头,对面人不见,新坐一对情侣,一个将一个勾住,两嘴对紧,舌津交替,吱吱作响。传话人像看进肖红内心,说她像被扔进冷柜,心脏猛地收缩,咚—叮,疼。忽听耳边喘息,细弱、柔软,回头,撞到一双眼,鹿一般,眯长、双皮,眼珠漆黑如新生,盯住她。

肖红将速画本合住,合不住心事,朝右上方斜看,身高一米八,体重八十公斤,年龄三十到三十五,肤白,面嫩,不喜户外运动,非体力劳动者。发量较小,眼周有细纹,用脑用眼过度。无文身刺青，未染发化妆。无耳钉戒指链环印痕。身体口腔无异味。衣着休闲正常。当是白领，或公务员。

你干吗？陈政笑问，指速画本。手细长、净白，大拇指约6.4厘米，食指7.7厘米，中指8.2厘米，无名指8厘米，小指5.4厘米，比例近于黄金，小指再长一点，整体会更好。

她没说话，起身，与他并肩。

肖红说，介意的话，可以撕掉。

陈政说，不要撕，不要撕。你可以送给我，我请你吃饭。

两人同时笑。一个去画本上揭，一个在线预订。

"三味书屋"不卖书。书架仅作隔断，精装书空壳，翻开一本，又一本，潮气霉气同时洇出，像解开封印，哗地消散，四方飘逸。肖红犯了职业病，联想。酒挂在杯壁，血一样红，被一口抿下。肉身奇妙，可容可泄，到处是温暖巢穴，它找地方住下，蛰伏，或躁动，进攻，或投降，喜欢就长久待住，腻了就滑出肉身。血色温暖，它一手抓一绺，荡若秋千，硬化、狭窄、闭塞、曲张。有时解剖，在痕迹里寻找痕迹，就会这样。总有两个"她"掐架。画家"她"说，像玫瑰初绽，将开未开，露出微黄芯蕊。法医"她"说，匕首刺入死者身体十七厘米，穿透心脏，致其流血死亡。

感性、理性。

浪漫、严谨。

积极、消极。

激昂、厌倦。

肖红受共存之害，总被撕裂，很难找到平衡，也受共存之利，能看见多面，容易洞悉真相。她想，我不该一眼看清："三味书屋"都是双人卡座，一男一女，"情侣餐厅""相亲餐厅"，茶酒菜三味，以情感调和，慢火相炙，入脑入心，成与不成，十之八九。她看出他笨拙，屁股落下去才想起当绅士，站到一半她已落座，仓促中他半蹲半坐，状若便秘，大声喊叫服务员，请倒茶水，请把菜单拿来，试图掩盖慌乱，未曾留意每个字都是出卖：没有恋爱经验，有限认知来自书本，或小视频。她想象他搜索，如何讨女孩欢心，鲜花、戒指、单膝跪地，形式主义走不了心，她想耳提面命。

陈政让肖红点餐，她拒绝了。看着他翻菜单，被怎么点、点什么、点多少纠缠，他没有这方面知识，或者有，自认为不适合，他不停度量、权衡，凭借图片而不是经验，在"此"与"彼"犹疑，每一页停留过久，直到服务员不堪，手指摁住，给他推荐，这个，这个。他如获救星，行，行，行。

肖红说，男人套路。你知道我一定未婚？

陈政说，我不知道。

肖红问，那为什么来这个餐厅？

陈政说，这餐厅怎么啦？

他将眼皮掀起，肖红看见火光四溢，不属于木讷之人当有之物，迅速想到另一种可能：装糊涂，城府太深。感觉怪异，像被放置于悬疑剧中，明知道过程结局，还要演着急。兴许从孩童起，他就积累经验，之所以笨拙，是试探、伪装，表现一种想让她看见的清纯。

她哼了一声。

半小时后，肖红向法学院校友、小城女律师陈明玥提起陈政。

明玥问，他在哪儿工作，有车吗，有房吗？

肖红说，又不和他相亲。

肖红心想，"相亲"是伪命题，作为检材的只有皮囊，而这东西最经不起琢磨。法医五年，长不长，短不短，正在一个关键节点：被神化、佛化、美化的人，经她剖开、摘下、提取、检验，冷酷提醒，不同外衣包裹下，内里物质形状相同，成分相同，重量略有差异，区分"它"和"它"，不过一个又一个编号，十个阿拉伯数字组合。她以888或999，为他命名，从上端详，身形匀称、样貌姣好，不忍切开，又不得不切开。她笑了。

明玥问，那他知道你是法医吗？

肖红说，又不和他处对象。

明玥心说，又是个傻子。她没管逻辑，以小城妇女的普遍观点劝说肖红，被反击，那你呢？关系太好，不留情。肖红有意缓冲，提起一则旧闻：学校人工湖边，老教授裸身肿胀，脖颈系条红丝巾，延了三米长。工人提起四脚，一路拖出来，留一片湿痕。从此无人看景，石阶上绿苔复绿苔，延长到路上，晒成干片，扫进垃圾箱。事后传出，教授幻视幻听，一辈子研学人体物质结构，最后被精神控制。这东西玄妙，非人力可控，一旦不归肉身束缚，疯狂行进，只听自己的命令。皮囊只是皮囊，越精美越显荒唐。

肖红说，他皮囊不错。

明玥说，我看见你骚动，树欲静，风不止。

肖红说，闭嘴吧，说下去容易神经。

明玥说，神经好啊，把陈政召来宠幸。

肖红说，你有便利条件，直接召唤梁方，我替你喊山。

明玥说，我受宠，你喊山，劲头这么足，容易让人想岔。

肖红说，淡定，千万里我已经岔过去很多。

第一次媒婆介绍相亲，她坦白。对方愣怔，当场捂嘴，吐到卫生间，出来逼问，上午解剖，中午吃肉，不会膈应？两眼瞪起，看她如看孙二娘，人倒提，剐一片锅里煮一片。肥而不腻。瘦而不柴。鲜嫩无比。小学老师只有中师文凭，隐藏起自卑，对未知领域陌生，深知无法驾驭，不惜陷构污蔑：法医乃合法刽子手，本质形同杀人。让死人再死一次。死臭味环绕，比日月星辰恒久。为示清白正义，他捂住口鼻，匆匆而去。肖红不屑，懒得向媒婆说明，法医不是屠夫，某种意义上又是，接受不了是常情。

小学老师顺从小城的价值评判，迎娶一位幼儿园老师，婚后他们不停争吵，以观点征服观点。每一次他都会想念肖红、白衣、白裙、白月光，可当有一天迎头碰上，他转身，佯装没看见，提醒自己闻，你闻，你好好闻，再一次说服自己。

这可怕的逻辑被小城信奉，肖红和陈政因此不被看好。按照我们的划分标准，陈政和肖红差着三层，硕士研究生—本科—专科，公务员—事业编—自收自支人员，他俩还没入脑入心，早有人确定悲情。小城三十五万人，没有一对被我们看见爱情，眼光活过五千年，越幸福越被怀疑是陷阱。

肖红吃过亏，选择随意，不强求，不轻信，见面往空里扬，虚里走，感觉怪异。一边生出好感，落地生根，一丝一缕往魂里钉，往骨头上卯，整个人头重脚轻。一边感觉一股甜意从身体最深处被召唤，浮在头顶，好似屏障，距离被糖分填满，和被水泥、沥青填满一样，她无法贴近陈政，也无法被陈政贴近。

二〇二四年三月十七日，是关键节点。在此之前，杀人者和自杀者都选西山公园，还没谁懒到在家门口埋人。

锦绣苑内，保洁阿姨连续三天闻到恶臭，一查，花圃内果然有新土痕迹，骂着谁家死掉宠物，浅埋敷衍。动员同事一起，掘地三尺，撬出一截人腿，吱哇乱叫，全小区惊动。

肖红深呼吸，被气息笼罩。左右端详，各个窗口长出脑袋，不掩恐惧，以自己为圆心，转来转去。她低头，自土里筛，查验有无其他尸骨，听见上下牙咯噔噔叩响，颤如灰鸟翅膀。当初在医学院查看尸体，总觉轻浅，如塑料制成，被无数人揭开，心肝脾肺肾。死于肝硬化，病变这样那样。沉闷一声，盖子盖上，结束课程。走出解剖室，带满身福尔马林味，先还介意，水下十次八次洗，渐渐惯了，挥挥袖子，味便散了。不过如此。不只如此。从业后才知尸腐味浓郁，无以言喻，胃里翻江倒海，几次欲呕，忍住，自己选择的路，走下去。箱里拿出袋子，撑开，将尸骨装进。它无语，有声，会告诉她许多……

肖红认真解读。

一截右侧小腿，从骨茬分析系重物锤砸或碾压所致，排除刀斧锯锏等利器切割。身体其他部分呢？锤击。水煮。火化。肉身轻薄，依骨长初判死者身高一米六左右，即便体胖超五百公斤，不过微尘，一风吹散，如何找寻？美国作家劳洛斯·布洛克说，八百万种死法，只有一个真相，像镜像，最终投向自身，抨击心灵。肖红和死神凝视，总觉和它目的相同，有共情：要弄清死因，不能让人像一阵风，来了，走了。揭秘过程也苦，也酣畅，像乡村妇女聚合，理论东长西短，一个线索是一层推理，推翻重来，是线稿易色，需另一重巧妙。容易迷醉。

写完鉴定结论，夜已深。解剖室灯极亮，暗黑中的白昼，一览无余，毫无隐秘，照着肖红，也照着墙上一排玻璃柜。里面有一百零六种骨骼、器官。一百零六条命，男女老少，天南地北，都自娘胎里来，尘世中去，各有各的死因，其实一样。肉身卑微，被时钟嘀嗒嘀嗒扯着往死里去。人不需要互相打击，都只有一条狭路走到黑。

想起陈政。果然有一条信息，说吃晚饭，看电影。一个人久了，疏于跟世界联络，一旦关切，极大喜悦，又极大不安，急回复，今日事情多，忙起来昏头，明天再约。一晚上半睡半醒，总觉眼前有黑影飘。起来一看，眼圈深了两层，满面浮肿。脸是脏腑显示屏，阴晴圆缺藏不住。扑两层粉，涂两遍唇，勉强入眼。拿起手机，一条信息没有，一个电话没有。

他一定知道了，嫌弃。肖红想。

心起了涟漪，动荡不息。钟摆左右叮咚，不偏离轨迹方向，她不同，越摇摆，离真相越远。越想确定，越难以确定。索性想算了吧，就这么算了吧，是骡子是马，等尘埃落定。相识不足半年，只当又被嫌弃一回。臭啊，真臭，你跟死人打交道，我不能闻着死人味过一生。味蕾只是随从，和口眼鼻一样，听从心令。以前她总淡漠：你爱闻不闻。我有自己的高贵。不需要你点评。这次却恓惶，他瘦白脸子分明，渐次突出、扩大，跳得她脑仁子疼。错过他就是错过一生，没有他就没有一切。爱。希望。未来。不念。不想。不动。越说不，越往骨子里印。

我们对她高看，警服外穿白大褂，如此混搭叠加，只在《重案六组》看过。她不是普通公务员。小城轰动，我们一边毫无根据猜测案情，一面想念肖红，短发干练，朝后一甩，洁白脖颈露出来，微汗津湿，绒毛倒伏，热气蒸腾。多好的姑娘，职责如此神圣，陈政哪里配得上她？我们又对她低看，小姑娘家，跟尸体相伴，死鬼不甘心，脚脖子拽紧，哪得安生？我们不停思忖，爱与自由、安全与冒险、亲密与独立、理性与感性，如楚人手执矛盾，用黑对抗白，用白挽救黑，最终被曳入一片灰色深海，心酸发现，只能随波逐流，辨不清方向，看不明道理，被迷茫一层层吞噬。

是意大利诗人彼特拉克拯救了我们：

我结束了战争，却找不到和平；
我发烧又发冷，希望混着恐怖；

我乘风飞翔，又离不开泥土；
我占有整个世界，却两手空空；
我并无绳索缠身枷锁套颈，
我却仍是个无法逃脱的囚徒；
我既无生之路，也无死之途，
即便我自寻，也仍求死不能，
我不用眼而看，不用舌头而抱怨；
我愿灭亡，但我仍要求健康；
我爱一个人，却又把自己怨恨；
我在悲哀中食，我在痛苦中笑；
不论生和死都一样叫我苦恼，
我的欢乐啊，正是愁苦的原因。

《爱的矛盾》，一千三百二十七年，古老的人类情感，不可超越的矛盾纠缠。我们由是心安，冷眼旁观，看肖红陷入两难。我们都清楚，世上有一千一万种"有可能"，只有一种"会发生"，如同左右、南北、黑白、对错，意义相反，立场相对，她只能选一种，按照古老的"权责利"相统一原则，承担一切后果。

陈政没回信。小城如巨大铁印，盖棺定论：此一章已翻篇。咖喱案轰动全城，我们咒骂社会不行，楼越盖越高，情越来越淡，路越修越宽，人越来越坏。怀念过往，路不拾遗，夜不闭户，小孩上学自己走，留一路欢声笑语。

肖红去找刑警队长，说不应该是绑架。

队长说这世上没什么应该不应该，不应该发生的应该似的发生了，应该发生的都不应该地沉默着。

肖红说，如果是绑架，会提要求。

队长说，现在人心浮躁，人性变态，杀人都不一定有动机。

她还要说，被队长制止了。肖红你真行，全市三十五万人，大大小小案件每天都有。你入行五年了，违反纪律？

肖红独坐解剖室。一百零六种骨骼、器官，来路不明，只有一种可能。意义宽泛或狭窄，指向不同。以前理性，结构名称、搭接方式，倘给她机会，能完美合体，榫卯结构，枢纽开启，起身，立正，稍息，请你向左向右转。现在纠结，它是谁？一个器官来自一个肉身，弹跳、奔跑、跃动。

明玥来电，说苏吉红不吃不喝，送医院了。

同去探视，枯坐良久，气氛凝滞，语言无能为力，说什么都多余。

自医院出来，听见一串锐哭。肖红站住，朝急诊室张望，模糊几只白影子玻璃后晃。哀愁若雾霾，浮浮沉沉，驱赶不离。医院外两排店，卖小吃、水果、百货，也卖花圈寿衣，门额蓝底白字，大如斗，明灿灿，日光里晃。一篓筐黄菊摆在石阶，店主一朵朵剪，插上竹架。一定被谁预定了。小小的，脸盆大，密密实实插满鲜花，像工艺品，摆在棺前。人闻着香，蚁虫也闻着香，不忍噬啃，保全肉身。不对，现在都火化，一把火烧光，骨中骨，灰中灰，谁是谁？

肖红恨得牙痒，想抓到真凶。看守所四面黑墙，独一孔天光，与世界联结。人将肉身安置，灵魂突出，径自去了。空中遇到，互打招呼，不相不识，要重新认定，好比电脑格式化，存在的消失，清楚的混沌。风没有重量，也会移动。魂游来荡去，都只是微尘。想亲自执行。是的，是你干的。你承认不承认，痕迹能够证明。硫喷妥纳刺入肉身，中枢神经抑制，慢慢消沉，人往深渊落，或往高空升。

一转念又想陈政。种种设想矛盾，心思与心思对仗，反复折腾，停不下来。爱情是龙卷风，有个边角，就要掀一场风浪。起先以为应着《入殓师》的景，日式电影浅浅笑意后的疼痛，哀而不伤，安静克制，静水深流，那份揪心，让人看一次，感动一次，哭一次。不料生活有更大反转，竟是另一种诀别。

我们听见叹息，和她一样神不归位，诸事不利。低头，在桌面磕个大包，伸腰，麻筋撞到桌角，翻书，被纸划条血口子。迷迷蒙蒙的，被什么东西附了体，不这样不行，非这样不可。

我们看谁都疑心，老师、警察、医生，每个人都有可能。横切三十八，竖切三十八，剁了一整夜，星路坦荡，粒粒星子亲见，它们兀自运转，不会开口一言。执刀行凶者正是切中此脉。人杀人、毁人、灭人，只需避开人，再让它不像人。我们把小孩抓紧，威胁不要乱跑乱动，世道多坏，每棵树都长眼睛，给坏人通风报信。小孩纯洁，乖乖坐定。老人不听话，仍聚在广场，制造、散布、传播各类消息，日以继夜，夜以继日。

四月一日，水厂职工斯德文回城，在南门客运站被拦下。警察一圈围定，枪栓拉动，怒气冲冲地喊着，下车，手抱头上。咖喱激烈反抗，抛掷水杯、石子、靠垫，大喊蛋挞叔叔，快开车，离开这里。警察怕误伤，不敢妄动，直到赵禹赶来。咖喱说爸爸，他们都是坏人。

四月二日，刑警队经过DNA比对，锁定小学教师郭启明。女儿车祸，当场轧成三段。父亲被乱刀子戳割，舍不得，女儿最好看就在这里，笔直修长，十三年舞蹈练出来的，偷偷拣回腿骨保存，没想到再美也会腐臭，过了一天就不能闻，又不知怎么处理。

四月三日，陈明玥驾车，带外乡人苏吉红、郭凤珍去机场接人。肖红等在饭店，小城风味，铁锅涮肉，扔一片进去，浮一片起来，满嘴红润，像刚刚体验过法式热吻，持久战，在世界大赛上夺得冠军。

尘埃落定，肖红想，真遗憾，没等我坦白，就已结案。觉到疼痛，不只心，全身。从里至外，如容器不停外扩。从外至里，被一种重力缚紧。阳光浅淡，一层薄云罩着，漏出疏朗几缕，斜斜靠在墙上。突然手机铃响，明玥手快，点了免提。陈政约见面，众人起哄，齐见，齐见。

阳光极好，如一把利剑，忽地刺到全身。肖红晃了一下，被陈政一把拉住。你没事吧？十六天是时间，也是空间，容纳太多。感情被挤压成细线，忽忽悠悠飘，两人都默着，像贾樟柯电影画面，一镜到底。细蚊飞起，绒毛在光里颤微。他消瘦了些，脸色发白，像随时会飘起来。肖红想把话说透，我不是画家，是法医，每天和死尸打交道，你闻不到臭吗？不停催促，开口啊，你快说啊。抬头，他眯眯笑，充满暖意。好似一幅法式田园画，淡黄色调，花香树摆，云飘铃摇，悠悠民谣反复歌吟，在花蕊里跃动，也在人心里雕琢。

两人攀九十五级台阶上山，西北角站定，陈政指向一处说，看到了吗？那里，冒黑烟的地方，在烧死人。我天天干的就是这个，我不敢向你明说，怕嫌弃。

这是职业。

这也是生活。我身上有味，死人味。他们被烧成灰，味还留在我身上。

那你闻到我身上有味道吗？我是法医。人活不明白，不能死不明白。我让人死得明白。

我们都跟死人打交道，你探究死因，为它寻找正义公平，我不管不问，一把火烧个精光。都残忍，都温存。

两绺头发顺额垂下，盖住眼睛。肖红想替他撩上去，搂在怀里说，孩子，你不孤独，我们同行。朝前，朝后，迎光，背光，侧光，反反复复几圈，看不见足迹。沥青比人心坚硬。她听见自己沦陷，白旗子竖起，雪崩一样彻底，忘记抵抗。她摸出速画本，让他站、跳、坐，上下左右，东西南北。你还是躺下，烟从胸口飘出，你就是焚尸炉。心火热，有一千度，融化世界都可以。我浑身软绵绵，在你身边，像两片叶子被风吹落，无声无息。天上有无数只眼睛，看见。记下。永恒。烟黑了一下，变灰白，越散越开，消失了。高低胖瘦，黑白美丑，都一样，一把火烧光。骨灰有多重？

等画完,他睡着了。阳光好到不真实。他展开,解剖台长度,沿切口剖开,掀翻,脏器精密排列,有人倒置,是基因变异,也可能上帝偏爱,给他派了别的使命。她对人体构造了如指掌,却进不了梦里。他唇角上扬,是与谁牵动着情愫?眉目含情,是荡在谁的温柔乡?

仿佛一眨眼,西边红霞热烈,火焰燃烧如万马奔腾,灼热流动,一点点温热身体,她听见竹林轻音,被风赋予灵性,温情漫上心头,一起一浪。想追上风,到三千米高度看见。起笔相同,落势一样,世界观会有多不同?画画用手,也用心。相由心生。肖红在陈政脸上照见未来,急迫,急切,想起一首歌:我怕来不及……我怕时间太快……我怕时间太慢……

太阳将落未落,黑夜将来未来,一队人马轰轰烈烈,齐聚西山公园。王浅是总导演,他说预备,十几人调试,他说放,凤鸟飒飒有声,振翅升天。双鸟飞绕,缠绕嬉戏,展翅、回旋、攀升。我们被惊动,县电视台架起三台摄影机,放飞两架无人机,争分夺秒拍摄画面。新闻播出,三十五万人同时看见:

陈政一手捉着肖红,一手在包里摸。四周声音庞杂,凤鸟振翅声,照相机快门声,林海咆哮声,人群喧嚣声。肖红说,摸这么久,是要变一个江山出来吗?陈政嘘了一声,我不爱江山爱美人,只是太激动,心不稳。正好摸到,迅捷如风,戒指像从肉里长出来,肖红捕到一缕光,钻石恒久远,一颗永流传。陈政说,凤鸟传了几千年,今天飞出来见证,你不答应都不行。

众人助阵，答应，答应。

肖红说，明玥答应我才答应。

梁方捧九百九十九朵玫瑰，手指南门客运汽车站方向，说时间多么快，一晃八年。当年我站在那里，人生地不熟，东南西北不分，像被扔进狼群。如今我听南方人讲话，反过来嘲讽，腻腻歪歪，像含着大枣。众人齐笑，梁方又说，以前我不肯承认，我消极害怕。全球平均每天死亡十五万九千人，每小时六千六百四十人，每分钟一百一十一人，每秒一点八五个人，什么概念，就是我跟你说我爱你，还不等出口，已经有人咕咚死掉了。轮到我怎么办？现在我不怕了，我要和你结婚、领证、生小孩，等我死了，让他继续爱你。

好啊，好。众人说。

梁方说，陈明玥，你明天就和我领证。

众人齐说，行，太行了。

梁方说，陈明玥，你后天就给我生小孩。

众人齐说，行，太行了。

梁方说，陈明玥，你爱我吗？

众人齐说，爱，太爱了。

梁方说，陈明玥，你答应我了？

众人齐喊，答应，我们全答应。

闭嘴吧你，明玥向梁方说，真不想答应。八年过去，还只会这一招，没劲。

赵禹把咖喱架在肩上，一手搂着苏吉红。鱼德坤手下用力，将郭凤珍捏紧。一家人被簇拥在中间。王浅端着照相机聒噪道，西瓜甜不甜。甜。好，集体靠紧一点，老爷子笑开一点，阿姨脸朝右一点点，好，好，非常好。

图景被县电视台记录，当天晚上，王浅在电视里吹牛，凤鸟飞天利用现代科技，模仿大型鸟类飞行方式，依靠扑动翅膀产生推力和升力，通过尾部控制方向、实现转弯，包含空气动力学、飞行力学、仿生学、材料学、电气和控制理论等多门学科的融合创新，可飞行一小时。

我们兴奋异常，不约而同转发信息，悼念死去的城建专家，他何其睿智，早就算准今天。诚如新闻所言，凤鸟展翅翱翔，生生不息，焠火中亮出弧线，传承中追求创新，它自过去而来，也必将去往未来，赓续小城"有凤来仪"的传奇。

放大一万倍

在小城，总有一些风景固定，我姐金银花是其中之一，像秧歌广场上一尊雕像。如果哪一天没看见她，人们就要追问，把电话打给江一明，涛涛妈妈还好吗？江一明不会查看，眼皮不抬一下，随口应承，好着呢，好着呢。下意识想到一个场景：东门头饭店刘老头老年痴呆，失踪七天找不见，最后在湫水河发现。人们站在河边，看着四个人慢慢靠近。黑点在河中心吃足水，衣服鼓胀如充足氢气，一阵风过，动了动，又死寂下去。他们先自河里将他翻个个，然后一人一肢，提了起来。河水一路滴嗒，一直上岸，平积于地。他双目紧闭，面容严肃，被浸泡的身体有些肿胀，看起来竟比素日慈祥。老刘无父无母，无兄无弟，无妻无子，无人收尸，县民政局动用专项资金将他火化。工作人员一哆嗦，骨灰四处撒，树上、房顶、臭水沟、屎粪堆、疯子寄居地。江一明感伤，人死不如猪狗。正要寻找，电话打过来，涛涛妈妈到广场了。

小城就这样，亲上亲，亲加亲，亲绕亲，攀起来全是亲。所以一城人都知道，金银花害的什么病。

天灰白如一匹布，平展撑开，一两只灰鸟掠过，翅子扑腾，呼起一股气流。我倚墙，看一树枝叶在面前摇，影落下来，斜斜一角，插在姐脚面上。她拦人，嘴唇翕动，你见过吗？照片被攥软，小苇像被砍过很多刀，缝线斑驳。我不想费劲拽她回家，大夫早已确诊，有个叫"幻视幻听"的病症紧紧跟随她，比影子忠诚。我倚墙，朝空中吐烟圈，大大扩开，浅浅弥散，这需要诀窍，舌头和嘴唇配合，让时间赋予它们先后、疏密、吞吐、呼吸，一瞬间的转念。我练了很多年，约等于小苇的丢失时间。姐努力寻找，我努力练习吐烟圈，时间对我们一视同仁，都是一片虚空。

在此之前，我时常陷入梦魇。大片荒芜中，小苇被人捆绑四肢，裹成一颗球，两眼大大睁开，时有黑泪流出，流一滴，热沥青一样贴紧我皮肤，剥落时一股煳焦味。有时他站在泥淖最深处，诱我去抱，凝滞冰冷的深水裹紧腿，我被一点一点拉紧、下陷，直至没顶。稀泥将嘴巴糊住令我窒息。小苇惊醒我的方式还有很多，我渐觉无法控制自己。那些善以心灵鸡汤宽慰世界的人忽略了科学，据说人脑只被利用了十分之一，未曾开发的十之八九，以某种方式与小苇发生联系。在我说服姐放弃寻找，接受现实，好好过日子时，小苇站在不为我控制的空间，利用我不得而知的方式，发出指令，告诉金银花：寻找江小苇是你活着的唯一价值。或者他强占她的大脑，所谓"幻视幻听"只是他导演的剧，他调动演员走位，不断重演十七年前那个午后。阳光被乌云遮蔽，黑鸦在树梢端倪，假扮金银花的演员一脸冰冷嫌弃，给"小苇丢失"增加浓重的主观故意。我甚至闻到他布设的街景,久不见阳光而散发酸馊气。姐拉着双胞胎推车停在街角——这辆车纯手工打造,榫卯结构,花梨木,如果不被江一明一斧头结束,它应该能进博物馆——你这儿有桂花奶粉吗?她朝商店探了下头,一个呼吸的时间,一次心跳的时间。姐后悔没有看好他,别说两个,就是十个、八个,她也该想办法抱紧。

没人能劝阻姐。小城有名的阴阳先生头戴礼帽,手执罗盘,焚三道高香,布九道符咒,喷十遍烧酒,未能驱走邪魔。姐被小苇拉进黑洞,那里戒备森严,只授权他一个人出入,他说走,姐便走,他说停,姐便停,他说开口,姐便开口,语言旧陶般泛白、冰脆,直接摔到地上,碎裂开去:我弄丢他了,求求你告诉我,怎么才能找回他?

这一问题同样纠缠我,有时半夜睡不着,我会去小苇丢失的地方,希望线索一直在,等我发现,顺时间通道回去,阻止事情发生。我会告诉姐,我能替她分担,和她度过每一个心安理得的日与夜。没人能抱走小苇,不管以什么名义。

小城依稀旧时模样,秧歌广场的石娃娃微闭眼眸,陶醉于秧歌中。小苇丢失时不比他大许多,提起不足尺五长,将他双足抓稳,他能在掌心站两分钟。他没有那么好命,亲娘一边生他一边大出血,医生从血泊中提他出来,时针指向零点。这表示他命硬,不由人不信。比他早十分钟的小笛没害死妈,他害死了,小笛没被偷走,他被偷走了。小城人一茬茬生,一茬茬死,其实没变,固定的城,固定的念,固定的时光,有时我怀疑生活在一张照片里,姐站在照片中央,被来来往往的人注目，不过同一个魂灵，变换不同衣妆。

我把这一切告诉小苇，让他相信事情发生有超能力，它站在人力不达的角度，端倪世界，偶尔恶作剧，把念注入人脑。先前我靠这套理论欺骗自己，不成功，时日越久，越发现漏洞。现在我靠这套理论赎罪，希望真有超能量，它看到我努力，发善心，把一切拉回正轨。

我说你看，她弄丢了你，然后一直找你，把自己逼疯了。

小苇，哦，不，现在他叫佳飞，和我一样倚着墙，看我吐烟圈。它们从我嘴里出来，执拗于自己的形态，很快混作一团，散在空中。他说这话你早告诉我了，但是你看，她找的是小苇，一岁的小苇，不是我。我不信，把他拉到姐跟前，我说姐你看一眼，这是小苇，小苇长大了，考上大学了，他就要去远处了。你看一眼，这可能是你最后一次见他，他不会再回来了。

姐一把拽住我说，他们把小苇裹进棉大衣带走了，他想从领口钻出来，越钻，裹得越紧。我说我知道，你知道棉大衣在哪里吗？在你自己家里。你回去，打开衣柜，就能看见，说不定他藏在那里就是等你回家。姐没听我说完就跑，两腿有如被提拉，一前一后，跨得很远，跑了十几米后站住，将照片伸出去说，你见过我家小苇吗？

佳飞说她的执念在十七年前，你能把她带回去？十七年发生很多事，过去了就是过去了，谁也改变不了。

我们回去继续倚墙，仿佛那是唯一支撑，依靠它才不至于沉沦深海，失去对事物的把控，一任海水咸苦，朝口鼻涌来，窒息灵魂。

一大块厚云浮起，边缘模糊，罩着世间一切是非善恶，我记起当初那个念，"帮姐摆脱困境"，它一生出根芽，就迅速成长，主宰魂灵。人摆脱不了念，我终此一生，都会为这个念赎罪。这话我不敢说，但一城人都知道，念潜入心灵，惩罚。我不敢看江一明和江小笛的眼睛，害怕那里藏着全部真相。

或许小苇也知道，一切，所有，全部。

他说你找我干什么？我不是当初的我，对于这座城市，对于所有人，我都是陌生人。你的想法只是你的想法，不代表其他人，没人会为过去伤怀，没人想把过去拽回来，更没人拽得回来。

只要你回来，一切就能回来。

是吗？

他抬头看天，也许看太阳。人们说太阳里面没有生物，我总不信。人类连自己都搞不明白，怎么搞得懂太阳？有人走进五维空间，看到无数个自己叠加到一起，医生和乞丐同时存在。按这个理论，小苇和佳飞同时存在，一直和姐生活在一起，爱姐，恨姐，姐没有愧疚，阳光明媚，吐槽当后娘不易时，敢朝他扔几句狠话。

我动摇了一下。

风擦着地面吹过，碎皮纸屑被裹紧，无着无力，有些可怜。我想起十七年前小苇被人抱起，他看到什么，听到什么，觉察到什么，他只有一岁，人很容易忽略他的感受，但也许他什么都知道。

我说走吧，我带你回家。你答应过我，今天听我安排。

他说行，不过你要记得，你也答应过我，不向别人暗示提醒，如果有心，他们会认出我。

我们一路北行，往朝阳小区去。姐应该短暂恢复理智，去过菜市场，塑料袋散开，菜掉落，被她左踩右踢，凋萎一地，只有一株新鲜，远远张望，如同此刻的我。我恨不能回到十七年前那个下午，及时出现，阻止那人靠近，或者狠掐小苇大腿，让他哭。他命硬心肠狠，一声不吭，只下令挖一条深沟，把姐推进去，悔恨。姐再没穿过鲜艳衣服，把自己藏在深蓝、藏青、乌黑里，好似一团又一团悔罪情绪，她跑进去，钉死。

姐目光呆滞，被谁从眼眸抽走光，我想一点一点找回来，拼完整，让她从混沌中脱身。我说姐，我把小苇找回来了，你听到了吗，我把他找回来了。她说我要去找小苇，他还饿着呢。奶粉喝完了，我带他买奶粉。他真乖，不哭。他为什么不哭？

佳飞离我三四步远，有些轩昂，嘴角扬起一点，似乎在说早知今日……他对认亲毫无期想，被我以奇迹、希望、救赎再三召唤出来的那丝苗头已熄灭，来的路上他就后悔。我们在大巴车摇晃，两旁山体耸峙，盘山公路夹在中间，像一条时间暗道，人顺应它前行，被紧紧裹挟，只能看它让你看的，听它让你听的。花草葳蕤，在他心里盘根错节，真是罪有应得，真是报应吗？

他说一切都变了。十七年过去就是过去，回不来。

我总不信，疑心他给语言以重重粉饰，需要我撕一道口子，把真实想法揪出来。十七年来，我姐嫁给江一明，给江小笛当后娘，给江涛当亲妈，可在她心里，也许她只记得江小苇，自认为触犯了遗弃罪，把情绪放大一万倍，逼迫自己不停寻找，日日夜夜服刑。

我说，你可怜可怜她。

我一年去两次，昨天是第十次。他养父正走向衰竭，医生割开他，像掀开一页旧日历。手术刀和药物不能阻挡肺叶继续腐烂，他像一颗青苹果受到虫蛀，被时间拽着去往另一个方向。他说佳飞，你走一趟，可以是开始，也可以是结束。我老早就告诉你，不必在意我们，我们收养你是为了我们自己，我们对你好是对自己好，我们爱你是为了爱自己，我们不会干扰你作决定。他过于消瘦的身子朝向佳飞时，我看到另一种坚强，藏在骨子里，铁一般钢硬。他说，我不勉强你，你也不必勉强自己。但如果我是你，我会去看一看，看一看错过的风景，把善意留在那里。

佳飞说，那好吧。

市民公园有人坐着，有人站着，有一些人动作，像跳古老驱魔术，左手伸完伸右手，左脚跺完跺右脚，头中立，被迫拽往左右时，脸颊生起痛苦表情。这些人像同一人的不同时刻，被机器摄录、播放，人看到他们，如同看到自己。

佳飞笑了一下，很快收敛。

肉身如同海蚌巨大的壳，紧紧关闭，以自己的方式呼吸、吞食。我和他离得这么近，却那么远，参不透他怎么想，怎么看，怎么感悟。我怀疑我错了，他不会帮姐，仇恨蒙住他双眼，十七年的恨意长成树，已经参天。我救不了姐，也救不了自己。

我又动摇了一下。

时间飞驰，小城如沉入水底，人们一呼一吸，以自己的节奏活着，仿似从来没有过丢失、寻找、迷离、彷徨，我带小苇走过街巷，在被时间一天一天雕琢的痕迹里穿行，我想告诉他，你离开十七年，我悔恨十七年，我每天都在寻找你，在你曾经出入过的地方，听你牙牙语声，闻你的奶香味，寻找你留下的痕迹。

也许他会说，没什么能消融遗弃之罪。

希望一点点沉入谷底，无边无涯的黑弥天盖地。

我敲门，江小笛打开，没正眼看我，更没看小苇，走回卧室。

一门之隔，像隔着重重沟壑。我记得她小时候，奶声奶气说话，小胳膊夅起来让抱抱，眼睛黑又亮，像一口深井，藏着无数秘密。我怀疑她知道一切，所有，给她浇水施肥，让她拿起仇恨当武器的源头不是告密，而是觉醒。她说你们弄丢小苇罪大恶极，就是找到他，也不会被原谅。"你们"包括江一明，姐，我，以及身边可以看见的所有人。她把网络当避难所，日夜栖息，不在乎屏幕后面仍是她眼里的俗人、恶人。

小苇端坐，环视。房间旧了，家具还是十七年前样式，角落被一层一层灰蒙住，任由时间叠复时间。假如小苇有记忆，他会在这里找到自己。我不禁想到另一空间，阔大，明亮，温暖，洁净，佳飞作为独子，被疼爱，被包围，被触摸。他大概正在对比衡量，也许没有，他养父母供给他的，不只衣食无忧。

我朝好的方向又迈进一步。他如阳光，会照进姐心里，把阴冷涤除，让姐回来。

他坐在沙发一角，似乎拘谨，似乎不屑，阴着脸，盯住一个方向。全家福挂在墙上，四个人挨得很近，没有一丝隙缝。应该留一个空，把小苇放进去。我说照片不能代表什么，你知道……

没有什么可以代表，也没有什么需要代表。他打断我，就像你找到我，或者找不到我，其实都一样。

像被谁砸了一下，头嗡嗡作响，开始疼。我知道，在未可知的大脑，活动着未可知的一群生灵，它们听命于未可明的指令。我对一切无能为力，只能折服于它，欢愉、颓废，或如此刻，不停疼。也许是小苇调令兵将入侵，他说，冲啊，去复仇。

江小笛在聒噪，我冲进去扯掉耳机，你也不问问，我来干啥？

你干啥跟我有关系？如果你找江一明，他不在；如果你找你姐，我知道她在哪儿丢人现眼？

你长这么大……

我长这么大是因为有人生了我，我能吃能喝，需要感谢她？我恨她，这辈子都恨她，她弄丢了小苇，拆散了我们家。

她继续敲击，键盘起落清脆，如同乐曲，字母格是一条条路径，通往世界。她在各类平台寻找小苇，用软件将自己的照片修成男性，配发文字：我好想你，就算全世界不要你了，我也会一直寻找你。没见佳飞以前，我也以为他俩长得一样，眼睛像，鼻子像，哪儿都像。

我说服不了她走出虚拟世界，看一下眼前人。

我说，她一直在找你……

我知道。佳飞抢着说，你说过很多遍，我也看到了。现在我站在这里，他们看不见，还在找我，用各种各样方法找我。

我企图从他脸上发现什么，没有，什么也没有，他像一块白板，不写一个字。听说科学家研究了大脑植入芯片，能调取人的思想轨迹，我希望给他装一个，让我看清他到底在想什么。我也希望有这样一个芯片交给他，把一切和盘托出。

手机没动静，昨天我给江一明发信，告诉他小苇要回家，期望他站在那里，迎接他。他一直记挂小苇，有一次喝醉，他攀住我肩膀哭，你知道吗，他把一切带走了，我不敢笑，不敢幸福，不敢快乐。我怕我笑的时候，他在哭，我怕我幸福的时候，他在痛苦。我愿意用我的命换他回来。我记得他瞳仁里的光，像两盏长明灯，他放任它们摇啊摇，又执着，又热烈，一任它往地底扎。我受它鼓舞，找两只铁砣把它紧紧缠住，从没敢放下。

能找到就太好了……

也许姐夫咽下了一些话,他不说出来,由它原路返回,那些经由他反复斟酌的字词在唇间反复打转时,我应该抓住,它们串在一起,一旦扯住一个,会形成一片反对的场。我以为父子俩经由十七年形成的膜,会轻易戳破,不需要谁着力,骨血里的东西自己会辨识。我以为紧紧拉着一根绳,只需要找到另一根,就能把它们牢牢系紧。

也许我错了。

光切过窗户照进来,一块不规则的影投上地面,被时间拽着一点一点移动。屋里太热,衬衫像糨糊贴在身上,味从腋下传出。我说走吧,佳飞坐着不动,我说走吧,他抬起眼皮看着我说,我哪儿也不想去,就在这儿吧,离末班车还有三小时。

我一出生就淌入时间的河,随它一起流经一个又一个三小时,如今,这三小时却燃起一把火,煎熬着我。我看着它一点点变短,灰白色余烬落入河流,像一朵小小的勿忘我,随波浮了浮,被消融。我想把他拉出被诅咒的圈,找到江一明,迎上去。没有力气。他未复一字,假如愿意,五公里不是距离,十公里不是距离,一百一千一万也不是距离。或许他知道一切,明白这是我自己的事,旁人无法参与。

心一摇一摇,回到十七年前。

小城人都看见,双胞胎推车从光里进入阴凉,姐看着它,像看着自己的命运,眼里水汽一层厚积一层。妈说我知道你苦,再苦,也得熬。路是自己选的,选了就要走下去,没有半途而废的道理。小苇小笛对坐,两张小脸粉白,四只眸亮晶晶，我往里看，瞳仁中间有小小的我，不是倒影，是正形，眨一下，有了，眨一下，没有了。姐哽着，哭。我知道会苦，没想到这么苦。我以为生孩子疼，不生正好。现在后悔了，我想生自己的孩子，是我的，不是别人的。我恨不得他俩突然发疾病，死了，哪怕死一个呢。

我只有十六岁，太年轻了，心疼她，以为少一个小孩会让她高兴，让她少一份负担，让她圆生小孩的梦。我们抱走了小苇。阴天，很冷，街上没什么人。后来我想，那一定是老天爷提醒，不要干这种事情。我不管不顾，只想让姐好。我没想到这件事会一直刺激她，她最终变成这个样子。我也没想到这事会一直刺激我。事实上我很快后悔了，同学不肯告诉我地址，我查了好些年才查到。我以为找回小苇，一切就会好。现在看来，小苇说得对，过去了就是过去了，一秒钟放大一万倍也回不到从前。

我坐上孤岛，眼睁睁看它一点点沉入水底。

门咣当一声，像踢在穴位上，我噌地起身，江涛脸上绽开花，舅舅你来啦，我爸让我先回来，他很快就到。

我不经意看到佳飞脸颊在颤，细微抖动如同情绪，一点点发散。我想他一定哽着一口气，想知道自己是谁，将陌生之地变为熟悉的每一天，一定让他迷惑，或者感伤。一切从开始注定，地理环境的改变，角色身份的变迁，深烙在他骨殖上，动，或不动，疼，或不疼，都软软嵌在那里，若有若无，却在某一刻突然尖锐。

我轻轻扶住他的肩，想问他是激动，还是委屈，终是没问。

江涛端上水果让小苇吃，叫哥哥，你从哪儿来？离得远吗？

小苇说另一个城市，坐车三个半小时。

那你还走吗？

当然。

你为什么不留下来，你已经离开太久了。妈妈为找你，都疯了，爸说只要你回来，她就能好，我们全家人会变得越来越好。

是吗？

佳飞和江涛隔了两尺远，空开的地方，像十七年一天一天洞开的缺口，巨大又无形，我希望将它填平。然而江涛不再说话，我被一股一股酸汤淹没，四顾无力。佳飞一双眼睛频频扫射，好像说，找到我，又能怎么样？

时间缓缓流逝，从窗户望出去，小城上空只有灰白的云，那些渐次响起的声音提醒我，距离最后时刻越来越近，这不是绝对值，但我没有理由延宕，或更改。我像一只困兽，被悔恨圈养在铁牢中，期望别人解救，但也许只有自己才是唯一救赎，我下定决心，喊江小笛出来。

她愣了几秒，走过去，和小苇比身高，拉他去镜前照，拿出手机拍。

阳光懒散，一缕一缕光像丝线一样笼罩。三个并排坐在一起，什么都没有发生一样。

时间让人忘记，更让人记起，那些深刻影响过一个人的，终会依自己的逻辑存在于记忆长河里，一旦触到一个边角，就会自然生发，以某种形式曲折蜿蜒，最终指向他想要抵达的地方。我想小苇懂得，我们能做到的，和我们可以做到的，极其有限，我们努力寻找的，只是自己的内心，无关好坏。

我给他们拍了一张合影，问小苇恨不恨，小苇说我不爱，也不恨，爱恨容易变化，靠不住。换句话说，这件事不会因为我爱，或我恨，有本质不同。我知道你想问什么，我也想过。养父母对我很好，给我提供了比这里好十倍的物质生活和精神享受，但这种好和跟你们生活在一起的好，是不同的好，它不能用来比较。

我说我知道，一种好和另一种好没有谁更好，但可以好上加好。我找你回来，是想救赎，想挽救，不管结果走到哪里，我的初心总是好的。

我相信。小苇说，养父告诉我，世上所有事情，都由一个美好的愿望开始，他不让我心怀恨意，更不许我心怀恶意。来之前他跟我说，要珍惜所有缘分，我能见到你们很开心。至于其他的，咱们都无能为力。

我们一齐走出小楼。小城人见识浅，消息传播快，早有人等在楼边，江小笛和江涛一左一右站在小苇身边，抓紧他的胳膊，像要阻止他离开。我心动了一下，问小苇，不再等等吗？

他说，有些事能等到，有些事再等也等不到。

我们往前走，迎面遇到一群人，江一明在正中间，小跑过来。我能想到他依次打电话、推门，把一家人聚合起来。

小苇被他们重新迎回家，拥抱，称呼，掉泪，好了，他们说，回来就好了。

我鼻子发酸，退开三尺远，去找姐。她仍在秧歌广场，把小苇攥在手里，一次又一次递出去，你见过他吗？

阳光很好，一层一层空气高低流动，像寄生着谁的魂，侧耳倾听，能听到某一种声音。我猜它在警醒，是的，一切来不及，一切已过去。时间重组着时间，当它偶然折叠，会在街角遇到我。我悄悄藏起，看同学朝推车伸出手去。一个叫忏悔的东西在那一刻驻进我心里，越往后越懂得利用它的锋芒，它总在不经意间出鞘，放大一万倍，如刀片从你脑后划过，冰凉刺骨，待觉出，只是来不及。

小城四下清静，有人在秧歌广场慢走，前行一千米，倒行五百米，两手甩得生风。有人耍太极，站桩推手，独立控腿，前盘步，后抱球，中正安舒，轻灵沉着，一套打下来，人如在七彩祥云里端着，自带几分仙气。我倚住墙，吐烟圈，看着烟圈一点点扩大，散开，消融在空气。一股气流经过，挟带着它一起高升，聚起一层又一层烟云。

小城有名的内科医生说，最近研发了一种药，能稳定姐的情绪，我决定明天带金银花去复诊，告诉她，小苇从未离开，他一直在，等你回家。

看不见的地方

上午九点半,谷小米来到西山公园,要祭奠。鉴于这个词语含义特别,我允许你们设想祭奠对象为人、事、物,不同设想会改变故事走向,让它像上山一样随情随性。景区未开发前,这一行为被允许,我们频频造访,凭恃脚步和胆量,把山蘑、野草、小动物夹带进树枝。如遇拦截,强词夺理,咬定树枝之所以脱离母体非因藏在裤腰内之斧头,要归于刮风下雨落雪,或者某只大鸟扇起的翅膀。至于别的,你哪只眼睛看到?守林人放行,傍晚循味走进一户,不须多言,端杯举起,干!后来有个大人物要进山,所有上山路截断,只留一条发扬光大:此山是我开,此树是我栽,要想过此路,留下买路钱。我铺垫这么多,是想告诉亲爱的你,谷小米二十四岁,未婚,男,人生本来有无数种可能,发生一系列变故后,只剩下"自身"这一种——他准备在海拔一千七百四十二米的西山顶结束自己——先后有十七个人或失足,或自愿,去往另一个世界。为此人们开辟新路线,把消防车开到山脚,涌至抛物线最低点,抬走它(傻瓜才指望它是他,或她）。

这样，当你看到他，就能一眼认定：受绝望之血统领，他不是自己走，是被谁提起来拎着走。一步，两步，三步，大踏步前进，快速抵达山顶，把回忆和肉体一起投入山崖。

不要着急，我告诉你。在小城，谷小米是新闻人物，司法局干部十年如一日把他列为普法教育典型人物。可孩子们对他和王二小一样不庄肃。他把敌人带到包围圈，牛怎么办？一只狼跑过来，啊哈，只有一个你呀。张开尖嘴獠牙，一口咬住牛腿，呜，朝天吼，招来一群狼，你一口我一口，剩下骨头渣渣，埋到土里。噌——噌——噌，长起来一堆谷小米。熬成粥，煮成菜，牢里一蹲就十年，口眼歪斜没人要，光棍打到底。——这不重要——出狱十三天，谷小米没干过一件有意义的事。把十三天拉长到十三年，二十三年，五十三年，他很容易看到余生。像卖火柴的小女孩，谷小米只有奶奶，奶奶死了，他不知道怎么活，为谁活，活着干什么。沉沦在时间里的虚无，比尖刀容易杀死人。

走了二十个台阶，谷小米扭头折返，照这个速度，登上西山顶得七个小时，他嫌慢。风嫌弃将死之人，面无表情掠过，去临幸一头长发。它丝般柔滑，翩然飞起，以此迷惑无知之人。小米想象它是森林，以头皮为土壤，一根头发就是一棵树，清新开花，幸福结果，培养很多小动物。奶奶描摹，画、剪、绣，给他讲，很久很久以前，在人看不见的地方……

小米把写有"缆·天地之美醉·西山峰云"的票交给工

作人员，他面无表情撕下一角说，两人一辆。谷小米想，谁在乎呢。缆车被索绳吞吐，一辆一辆出发，朝空而去。他和一个男孩登上同一辆缆车，他看起来很小，身架骨没长开，一双眼毛茸茸，湿润润，看着像是植被丰茂的小树林。他掉转头，朝外看。封闭缆车四面透明，人在狭小空间转圈，可以从多角度看到小城、高楼、树林、远山……

咣——像炸开惊雷，缆车向前晃了两晃，停在半空。方才它擦着高大树木，有如风穿行其中，让人疑心林梢摇摆，飞鸟惊走，落叶飘零，都受之影响。怪兽站于云端：我要施予你暴行。缆车停在前面，纹丝不动。谷小米骂了一句。

男孩突然开口，逼近一步说，你不能这么对我，你也嫌弃我，是不是？

谷小米突然说道，她不认识男孩。她把双肩包卸下，重重地扔到脚底，包里的物品让她感觉十分沉重。

男孩继续说，认识不认识有什么关系，他倒认识那些人。可是，他猛地扯开自己的红黑格子衬衫，露出了布满字符图画的上身，他们说给他一百块，他就信了，一点儿没察觉，一推门，他们就围过来，把他脱得精光。人被扒光衣服，跟鸡鸭猪狗褪了皮，有什么区别，它们死了，他还活着。

谷小米忍不住骂道，真是该死。她看向窗外，两片云像两颗心一样互相吸引，靠近又分离，渐行渐远。

男孩皱眉问，她刚才说什么。他后退一步，不小心撞到了玻璃窗，身体摇晃了一下。他又问，她到底在说什么，那些人知道没人替他出头，就是在欺负他，羞辱他。

203

谷小米冷冷地说，她刚才说的是该死。刚才她看过了，男孩打不开门锁，撬不动玻璃，只能困在这里。等缆车把他送到山顶，他可以从那里跳下去。她看了一眼窗外，缆车纹丝未动，距离山顶还很远。她继续挑衅道，如果男孩死在这里，除非大火烧个精光，否则没人会发现他。野兽会撕咬他，蚊虫会叮咬他，细菌会侵蚀他。那些爱他、恨他、无所谓他的人，他们照样会歌舞升平，他的死一文不值。

男孩像偷窃被当场抓住，愣住了，不相信谷小米说的，盯住看。突然横眉立目，跳到他跟前，一把揉住衣领，前后晃，被谷小米推开，又扑上来。两人如拳击手，闪躲攻防。谷小米高一头，抵住他脑袋，推到车厢边，如捉住小兽脖颈，任他不停扑腾，乱踢乱打，突然被抠住腋窝，狠劲抓。谷小米疼得急迫，松开手。索绳来回晃动，其他缆车随之摇摆。

距离缆车停运，过去五分钟。夫妻、情侣、父子、母女、兄弟、姐妹，先还兴奋，快看快看，平时缆车跑得快，好不容易停下来，你快看。像大鸟俯瞰，人世在眼底渺如尘埃。征服自然，挑战自我，笑着张开双臂，啊，我是万物之灵。缆车剧烈摇晃，人下意识靠住车厢。往前看，离西山顶很远，往后看，离西山公园很远，往下看，深山老林，看不见底。时间停滞，万物紧缩，人被幽闭于一米见方，各种预想漫无边际。我们都知道，时间就这么神奇，同一空间变化万千。

他们累了，同时停手，跌坐在地。前后缆车传来拍打玻璃声、呼喊声。救命啊，快救命啊。声音被密闭，放不远，近近回旋，被风吹散。男孩突然放声大哭，喊着，我不能死。

我死了，我爸怎么办？他能活下来，因为有我。如果我死了，他没有力气活下去。我得活着，我得长大，挣钱，养活我，养活我爸。

你很幸福，知道为谁活着。

你爸爸呢？

死了。

妈妈呢？

死了。

时间缓缓流淌，缆车依然不动，呼救声越来越微弱。谷小米看到后面有个人呈大字，壁虎样贴在玻璃上。如果索绳脱落，缆车悬坠，正方体快速翻滚，他被重重甩开，头背腰手脚，反复撞击玻璃，骨节一根根破碎，肉一片片黏糊，身体失去制约，朝混沌中去，最后滚成一个肉球，被吸进深渊。谷小米看了男孩一眼，他正朝空看，眼里湖一样泛起潮润。她对男孩说，你害怕了？

男孩说，不，我在想你真惨，不过我爸告诉我，人要给自己鼓劲。气一泄，就没底了，人最怕没底。现在我想通了，让人扒光衣服算什么，让人在身上写写画画算什么，我得活着，养活我，养活我爸。你也不能死，得活着，你会遇见的，把你当亲人、离不开你的人。

缆车高悬不动，它脚下的山脉、树林、鸟雀，渐渐影绰，与另一个世界形成影像。像物与物平衡，隔着梦幻、山川、日月和人心屏障，两两相望。谷小米被一种从未有过的情绪击中，有点恋世，他说，也许吧。

男孩递过来一根小指说，是必须，答应我好好活着。你连死都不怕，还怕活吗？

拉钩——上吊——一百年不许变。

咣——又一声响，缆车如醉汉起身，扶住桌沿，调整方向，滑往西山顶。

谷小米的故事，起源于一桩背叛。假设留心，我们能听到十八个版本，真相淹没在想象中，没有边界，随心所欲，越言之凿凿，越显得心虚。我们服从一个古老的寓言，为了达成叙述目的，引用可以不严谨，也能犯低级错误。又有什么关系，小城建立四千年，还没有一个人因言涉罪，我们总像湫河水一样，源源不绝，自由奔放，说啊说啊说啊说。

这样，我们就能向你讲述。

谷小米腻在电脑，PAUSE键上一点，打杀便停，寂寞从屏幕溢出来，一点点消散扩大，泅向四壁，黄渍更深。他一直觉得墙太白是病，容易让眼球发疯。在看守所、少管所、监所墙上发现划痕后，他留下过更多：指甲往石灰抠，力与力对峙，轻微肉疼让他舒爽。针尖刺向肌肤，血渗出来，饱满，等一分钟，把小血粒揭开，新血涌出来。他在白纸上摆三颗、五颗、八颗，看它们从亮红变成黑红，蔫成一小点，一口气吹散。十岁时，父母离散，他被判给妈妈，但她没履行一天义务就去了南方。奶奶靠缝制碎小的手工艺品维生，他帮她纫针。针尖一歪，指肚扎了一下，他猛地心悸，继而甜蜜。于是他藏了一根针，把这项隐秘的实践进行了三年，直到用刀在手臂划开三厘米。

当年流行古惑仔，小城每个学校都有组织，名称千奇百怪。谷小米没加入任何帮派，有一天他被"虎狼豹"拦下。虎老大寸头说，给我五块钱，你不能每次都说没钱。

站在他身后的狼二红，个子高高，唇上绒毛细黑，像胡子未剃净，围过来助威。

谷小米把背抵住墙，拳头紧握，身子绷直地说，我没钱。

虎老大恶狠狠地说，没钱就放血！

谷小米无所谓地说，随便！

二红掏出一把折叠小刀，说，说吧，往哪儿划？

刀柄银色，刃口闪着幽冷的光。他把袖子一挽，左臂递过去。二红说，会疼的，很疼很疼。流很多血。你不怕吗？这里有根血管，刀划下去会割破，血一直流，一直流，很快就流完了。想死的人才这样，你想死吗？

谷小米不说话，只是看着刀刃，细细薄薄，如一页纸，锋利任性。刀轻轻贴住肌肤，冰脆凉爽，隔绝尘世，通达极乐。

二红接着说，你是真没钱？那算了，算了吧。

寸头和二红来不及反应，谷小米就抢下刀，在手腕靠上五厘米的地方横切开三厘米一条口子。刀尖划开肌肤时，皮肉间的声音经由空气传送抵达耳膜，他感到战栗和快感。

寸头惊呼，你疯了吗？我没想真割你，你一定是疯了。

寸头和二红站在他对面，看着血涌出来，咕嘟咕嘟，冒一大片，腕子搁不住，朝下流，淌到地上，一滴，两滴，洇开碗口那么大。最后，寸头说，你牛逼，我们服了。

寸头和二红跟谷小米一样，有人生没人养，属于问题少年。什么问题？各是各的问题，父母离异、父母双亡、父母都在外地，不是同样的问题，又是同样的问题。

寸头说我妈可能是你妈，是他妈，是任何人的妈，谁知道呢。她没想生我，却生了我，只好把我扔到垃圾堆。老孙说我像猫哭，你们能想象吗，寒冬腊月，猫在垃圾堆里哭，一定比鬼叫凄惨。他不拾我就好了，这狗孙子，看到啥都想拾回来。

被老孙拾回来的垃圾分门别类，只留窄窄一条通道，谷小米站在正中，昂扬挥手。他说，小孩子能有多少钱呢，咱得干大事，干有影响力的事，不能像一只狗，一头猪，只为活着而活着，不能总干小打小闹的事。

二红的问题不是钱，父母南方打工，按时寄回价值不等的钱物，负责监护他的奶奶有求必应，但这不能熨帖二红。二红坐在高高的废纸堆上，探下身子，不停抽，最终抽出一本杂志，他说，我们得干点轰轰烈烈，能引起他们注意的事。可是干什么，难道像老孙一样捡垃圾？

不，当你把垃圾捡回来的时候，你就比垃圾还要垃圾。我们得干点儿大事情。谷小米的发言让另外两人激动起来。

谷小米学古惑仔，把酒分在碗里，三滴血，举杯盟誓：有福同享，有难同当。

像一出拙劣戏剧，我们都猜到结局。谷小米第一次试手就栽了，警官说你学什么不好，偷人。一辆崭新电动车，嫩黄如柠果熟透，又香又甜。他装作系鞋带，细致观察，除了把锁，还有链锁。埋头动作时，身体被另一个身体轻轻触碰，极快分开，好似两只皮球相碰。起身，被一人捏住腕子，他看到对方诧异的眼神，说道，你才几岁呢。寸头和二红像中学生刚放学，擦着他走远，双肩包里咣当咣当。

谷小米一口咬定，就一人，头一次。心疼奶奶，想弄一辆车给她骑。警官说念你初犯，未遂，还是未成年，不处罚了，通知家长把你带走。他声嘶力竭，求你了，我奶奶六十八岁了，会气死的。警察手一挥，让他滚了。

谷小米的铠甲更重，经由刀尖送进去的铁离子一点点积聚，像胎儿在子宫成长，变成银光闪闪的斗士。他教导寸头和二红，必须经过淬火锻造，才能坚强，以后还要遇到好多事，车主恨我们，警察逮我们，和谐社会不容我们。我们不能松懈，要蓄势、蜕变，变成虎豹豺狼，跺一脚让他们头疼。

寸头和二红点头如盖章，同意，同意，都同意。

作为观众，我们早就识破生活的诡计。小城有名的戴将军出道前，用一大盆面粉练功，里面插着密密麻麻细针，他两手笔直伸出，拇指食指夹紧，快速拔出。两个月后，他用滚水练习，刀片入水，浮游漂动，他趁它下沉前夹出。戴将军四指坚硬，有畸形肉结，却灵敏异常，快得过苍蝇。这种人物都不行，何况谷小米？

果然，第二次出手，他栽得更彻底。

将锁撬开时，他听到一声吼，住手，小偷！女人块头大，短发蓬曲，远看如母狮。他听到她运动鞋牛筋底与沥青黏合、

209

分离，吧唧吧唧，似轮胎与烂泥亲嘴。她横跨马路，夸张举手，一团模糊黑影在她到来之前抓紧他。寸头和二红不住地喊着，快，只要一步，他就能窜进暗黑，沿小巷走，就能逃脱。但他没动，铠甲喧哗，刀尖骚动，扑哧一声，皮肉被撕开，涌出的血冒着热气。

大腿划痕如盲文，他一边抚摸，一边轻点PAUSE键。死亡、复活。开始、暂停。生、死。死、生。一切尽在掌控，一切茫无边际。

小城夜未央，生意人的叫卖攀着月光，浅浅漾。谷小粒没有停手，渐渐迷离，好似听见奶奶哼唱，遥远，亘古，没有歌词，只有平直、单调几个调门，像长长呼吸。他顺歌声回到十年前，站在黄土路，仰望一空星辰，找最亮那一颗，跟随它游弋。思念藏在心底，不切实。谷小米看见奶奶缓慢挪行，两只白炽灯泡同时照着，影子参差在墙上，间有飞蛾掠过，凑出细米般斑点，像美工师布的景。突然一股风，奶奶消失，孤独来袭。

谷小米想跟谁说说话。同一监室的祥哥不停自语，他被关七年，还要关十一年，等出去，儿子该娶媳妇了，他不能变成傻瓜。不说话，脑子会朽掉，嘴会朽掉。他不停练，八百标兵奔北坡，炮兵并排北边跑。有时半夜醒来，他听到低语，老婆，我想你。儿子，我想你。不知道祥哥是睡着还是醒着。谷小米想不知道自己会说梦话吗？梦里会叫谁，奶奶？寸头？二红？他甚至没有一个在梦里想念的人。

四年前最后一次见奶奶，他和奶奶隔着桌子拉着手，他问奶奶，奶奶，你怎么更瘦了，皮更松了，你还做虎头鞋吗，还能纫针吗。奶奶说，不，奶奶不行了，什么也做不了了，奶奶就等你，等你回来。奶奶眼里滚一滴泪，又滚一滴，不清透，总带点儿黄。回去后奶奶给他寄一封信，告他两个电话号码，一个是爸，一个是妈。他总等奶奶不来，鼓足勇气拨过去，爸说奶奶死了，比他收到信的时间还早。

管教跟他说，全世界放弃你，你也不要放弃自己。二十四岁，还有大把时间重新生活。管教跟他年纪相当，喜欢蹙眉，额头三条纹路清晰。当你穿上警服，象征正义、和平、安宁，脱下来，跟我一样。肉身能抵挡什么？送他回来的程警官问，还有什么人。他说没了，妈跑了，爸死了。警官叹口气，掏出两百块，写一串电话号码：有困难来找我。屋里痕迹陌生，墙上涂鸦，窗帘变了颜色，地上扔几只鞋，有大有小，毛巾僵硬如风干动物尸体。奶奶死了四年，它换过四任主人，拉屎拉尿，把浓稠鼻涕擤上墙。记得爸说过，房子租出去了，租金呢？

他用一百块办一张电话卡，安进诺基亚手机，营业员诧异，你用老年机？他说是。想起狱友感叹，坐牢十五年，跟社会完全脱节。他拿出狱证找村委会，要地要工作，主任说我再给你配个媳妇，雇个人把你伺候起？你是去坐牢，不是去打仗。谷小米也不习惯，网购、支付宝、共享单车。物价高，花钱都用手机扫。十年如空洞，使他陌生，他像进入旅游胜地，一寸一寸寻，如旧，又如新，痕迹被清空。小城垃圾不落地，一日三次，白色市政环卫清洁车高唱歌曲，全城

211

巡游，贪婪如巨鳄，吞入大包小袋。

两个号码游至脑海，试着拨打，138开头，属地广东停机了，另一个157开头，嘟嘟响了几声，有人说，喂。

电话这头传来，我是小米。

那人问道，你在哪儿？你回来了吗？你想要钱吗？

小米刚说了三个字，电话那头就传来了嘭的一声。

空音茫然响了半天。此时他站立，以腰为顶点，上半身与下半身形成四十五度角，将手机放下后，他绷直身体，听到腰椎一声脆响。九年十个月零八天，他习惯腰椎垂直于地面，双臂紧贴裤缝对齐，凭借这笔直的身姿，他收服着内心的小毛尖小刺头。如今它们觑见缝隙，从骨节钻出来，穿透皮肉，亮晃晃披挂了一身。他摇了摇，银铠露出一点头。

他联系寸头和二红。十年前，QQ三人群恨不能翻天，如今静得出毛。他留言，敲视频，三天后寸头出现：

QQ已经过时了，现在大家都用微信。

你在哪儿，在干吗？

开了个饭店。

二红呢？

你那事以后，他去了江苏。

不是我的事，是咱们三个人的事。是我把它变成一个人的事。

头像灰暗，接着消失。寸头、二红、三个人的群，都找不见了。

主机嗡嗡轻响，毛刺越长越茂盛。

你们走，我一个人担。声音经过十年，每个字都重如秤砣，每天造访他，激励他想象：他二人难掩感恩，偷得的十年，壮实成长，唏嘘感怀。有福同享，有难同当，兄弟坐的牢，我们没齿难忘。这房这车这美女，这大好的时光，兄弟替你挣下了。今后你的苦，兄弟替你扛。

万没想到是这等寡淡。

好冷，尖刃银色冰冷，从皮肉突围，包裹着他。

好热，汗液如汁从腋窝往下淌流，冰凉落进侧腰。

谷小米从镜中看见自己，遥远又陌生。

电脑音响开到最大，声音充气一样填满屋子。他控制它，PAUSE键，食指。黏稠，清透。必须，不必。也许，绝对。藏在骨子里那个东西被开启封印，哗啦抖身，银铠一披，绿目一瞪：开始吧，就现在。

湫水河东岸新建一条公路，谷小米缓缓行，从南而北，从北而南。小城四面环山是局限，房子越盖越高，每一幢都亮着灯火，男欢女爱，悲伤，欢喜，疼痛，亲密，疏离，互不干扰，互不影响，像一窝一窝鸽子，振翅、落下，疼自己的痛，悲自己的伤，翱自己的翔。我们听见他叹息，猜他想回到监狱，管教认真，督促他学习，本科文凭，剪纸手艺。有人在报纸上读到信息：《故乡》获全省监狱罪犯文化艺术教育改造成果二等奖。人们看见湫水河、文庙、水门桥、河渠街、广场、戏场、电影院。看见打铁、弹棉花、扎纸花、裁缝、修车、配钥匙、榨油。看见自己。看见过去。看见未来。小城井然有序，安安静静，像泊下来的一湾水，人浮在其中，欢快打旋。

谷小米致力于寻找，一条街一条街，一条巷一条巷。过去他和寸头二红聚集的垃圾场变成秧歌广场，有人跑步、唱歌、打太极，有人藏进绿植耳鬓厮磨，把对方当棒棒糖。疯女人金银花不停追问，你见过我家小苇吗？这些男女不比他大，或小，都活过八辈子，娴熟于探索肉身，迷失精神。谷小米走进死胡同，隔着十年，和十四岁的自己对峙。皮肉鲜嫩，需要指引，指头点住脑门，孩子呀，人生有一千一万种可能，你转身，你回眸，你抬头，你挺胸，你去西山公园看一眼，小城三十五万人，就有三十五万种人生。

谷小米看到寸头。胖了，老了，白头发，皱纹，蛀牙。他一定是老烟枪，烟味浊重，说不定整宿不眠，黑眼圈那样深。

他像被臭虫爬了一身，急于摆脱、撇清，小米，过去的事就让它过去，你出来了要好好做人，重新生活。你说那是咱们的事，我俩只想撬锁，没想捅人。人得为自己负责。老孙问过律师，未成年犯六种罪才判刑。你不该拿刀捅，那女的到现在还拄拐棍。人都会犯错，小时候不懂事犯的错，我和二红都不想再提起。咱们都要好好生活。

我们理解寸头，垃圾场是烙痕，出身不明，佛前求了千千万万次，才活着，才成人，有家有店有女人。我们替他想，谷小米最好消失，像治好头上的癫疮疤，一空乌云散。又替谷小米想，团伙犯罪，一人作案，全体承担，要不是我担，你也要坐十年大牢。没有好办法。当年刘小明被杀，刑事附带民事，法院判赔偿八百元，刘妈像上班，一月去一回，至今没拿到。黑皮死了，毛六指死了，侦办此案的民警、检察官、法官都已退休，救助、捐款、献爱心，累计过万，刘妈还不甘心，我要我的八百。

谈话被不断打断，老板娘不停吼叫，寸头。寸头。寸头。寸头钻进后厨，挂一条油腻围裙，手起刀落，菜、肉、葱、姜，起锅、倒油、掂勺。一点以后，才静了。谷小米说，我不知道找你干什么。我不知道不找你我能干什么。你放心，我不会再找你了。

床松软，倒下去时他提醒自己，出来了，不用在乎铃响了，安心睡。夜里他半睡半醒，受惯性指引，不停地喊着到，发现陷入软床很难受，身子疼，不如牢里硬板床舒服。他听到有人呼唤，来呀，快来啊。这里没有隔膜、冷漠和推诿。这里阳光和暖，众生平等。这里父亲和儿子在一起，哥们儿义气永存。

以《古惑仔之人在江湖》为背景，他进入聊天室。"一指禅"打字速度慢，他不急。夜才开启，暗刚稳势，时间长着呢。他调整摄像头，把它挂到电脑主机体上。六十度俯拍。无力感。弱势。被动。他在前景放了一只茶杯，注入开水，热气袅袅，像放出烟雾，制造幻境。做好这一切，他坐下来，椅面硬实，他捞过来一只枕头，垫在屁股下，他敲了很多字：

我二十四岁，坐了十年牢，刚出来。

活着有什么意义？猪狗一样吃了睡，睡了吃？

死长什么模样，怪兽？白面书生？一只细菌？

没人围观，有别的消遣，红警都不时兴了，微信取代QQ，电脑销售量下降，人与人疏离，手机外不接触。事不关己，高高挂起。他不是明星，不需要关注。他继续写：

我不知道自己活着有什么意义，我不知道所谓的"新生"要怎么获得。

我觉得活着不如死去。

是的，我要死了。

他把毛巾垫在腕下，挑动筋脉，一抹红热烈如火焰，生命，阳光，青春，不，它是绝望触底反弹。他轻轻笑了，骨头里释放出快感，传遍全身，触电般、神灵相通……

被惊醒，才知是梦。电脑黑屏，窗外发白，新一天到来。他将右手搭上左腕，三部有脉，一息四至，不浮不沉，节律从容，脉动匀和，活得自然。在监所，总有人学着电影里的情节自杀，不过很快就放弃了。活着才知道活着的味道。所有人憋足劲儿活着。

第二天，谷小米穿牛仔裤、T恤衫、运动鞋，来到母校。十年前，奶奶坐在街角拐弯处，押长脖颈等。排队从校门走出来，涌在门口的手脸热情。他继续队形，一二一，昂首挺胸收腹，给自己喊口号，走向奶奶。奶奶将鞋垫递出去，或者香包、布老虎，腰腿不好，只能坐着介绍，这些是我一针一线缝出来的，你看针脚多密实。她们翻得认真，让人错以为已经相中，却在看见儿女后突然撒手。要等最后一人走开，奶奶才收摊。红色金丝绒布变成粉色，朝白里走。奶奶佝偻，脸黑瘦，衣服脏，有味。但她是奶奶，有奶奶就有家，一日三餐,米汤在锅里咕嘟,笼屉冒热气,奶奶以盐醋调味,拌最简单的菜,可他一辈子不会忘,爱的味道。

他想知道,十四年前离婚,十二年前另娶他人,他们的小孩,长什么样?十年让人老,抬头纹、鱼尾纹、法令纹,不会彻底改变容貌,他能一眼认定。

出于无聊而非"必然要",他等在校门。

跟十年前一样,校门口像菜市场,轿车、摩托车、电动车、自行车,孩子们几乎一样,穿校服,戴红领巾,书包沉重,要么前倾驼背,要么后坠鸡胸。他靠墙站立,不带希望地看看前方,看看侧面,长久看着拐角,好似奶奶还在那里,被众人议论:就是他家孙子,才十四岁。拿刀呢。一阵一阵心酸,悔意浓重,如果能重来,要好好听话,考最高分,得最高荣誉,让奶奶高兴。

男孩贴墙角远远走来,嘴巴紧闭,双拳微握,手臂一前一后甩动时总与腿脚方向一致,他觉察出不对,跳几脚,调整过去,走不了两步,又顺拐。他一定为此气恼,把手塞进裤兜,很快拿出来。他就这么由远及近,贴着谷小米走过去。书包可怕,又破又旧,脏东西像鼻涕粘在把手。白校服已成灰。他下意识哎了一声。

男孩停脚,回头见他,浮上欢喜,是你呀。

今天有人欺负你吗?

我不怕。

你叫什么名字?

谷小粒。

你怎么能叫谷小粒？你为什么叫谷小粒？

我哥叫谷小米，我叫谷小粒，这有什么不对？

为什么？他大吼一声，谷小粒全身发抖，兔子一样蹿了老远，隐入校园。只有后背，高低、细圆、胖瘦，全身骨头二百零六块，内脏二十三件，八大系统，十二经脉，七百二十六位，像庖丁解牛，他闭眼看到人体结构。

放学时谷小米等在原地，与自己打赌，谷小粒一定会躲开，只要愿意，有很多办法。但没有，和上学一样，他顺墙根走过来，停在他面前。

你在等我？

是的，我在等你。

你想绑架我吗？

你家里很有钱？

没有，除了我和爸爸，什么也没有。那你是想拐卖我？

你觉得自己值多少钱？

我不知道！但你不能拐卖我，你不能把我带到别的地方。

说完这句话，谷小粒就走开了，书包又沉又重，朝下坠，他往前走一步，屁股被弹一下，弹力之大迫使他奔跑，两腿交替抬起、落下，身子前蹿。谷小米不紧不慢跟着。小城小肚鸡肠，一条主路，却有大大小小十几个市民广场、秧歌广场、中心广场、休闲广场，谷小粒和谷小米像两粒浮尘，一前一后经过城市雕像、绿植、花圃，最后被吹上一条土路。谷小米恍惚记得，跟奶奶来过，奶奶拽他、推他，劝说他，可他贴紧墙角不肯动。奶奶一步步走进大太阳底下，阳光把她的身子割成两截，上半截明亮，下半截阴暗，她像迷了心智，被路边乱石、小树、未曾铺油的路面一点点吞进嘴巴。十年没有改变，被城市遗忘的角落，远，旧，脏，村口老槐灰头土脸。他在过去等奶奶的地方坐下来，看着谷小粒一步一步远去。不需要再跟，不远处唯一挂门帘的地方，是谷小粒的方向。

谷小粒进屋后又出来，院里很快烧起烟，隔着老远，谷小米闻出是焚烧树枝的香味。这味道几近灭绝，小城创建卫生文明城市，我们被要求烧煤气、电磁炉、陶磁炉。一缕轻烟袅袅，蓝天白云绿树之下，有点虚幻。谷小米坐着、闻着、听着。布谷鸟。斑鸠。咕咕。咕咕咕。体内躁动，经由针尖、刀尖传送进去的铁离子、铁分子，经过十年酝酿，成长为庞然大物，它鼓动他站起来，活动开筋骨，径直朝向那院、那屋、那人，他想象里面的温热、欢喜、团圆，他遭背弃的源头，他要溯源而上，站在他面前，问一句，为什么？

他没动。

谷小粒看到他，并不意外，他说，你在等我吗？你一直在等我吗？你是不是想买那个楼房？那里不能卖！也不能租！要不然我们就不会搬到这里了。那是奶奶留给哥哥的，哥哥就快回来了。我爸说哥哥要在里面娶嫂子，生侄儿，就不只我和爸两个人了，会变成五个人。

他又问，你妈呢？

谷小粒说，我不知道。自从我爸被车撞了，她就不见了。我以为她会出去一天，两天，三天，可现在都五年了，她还没回来。我想她一定去了很远很远的地方，也可能死了。

他们你一句我一句地说着。

你爸瘫了？

不是瘫，是残。医生把他的两条腿锯了。谷小粒在大腿根靠下的地方比画了一下说，从这里，他现在是长方形，插个圆，插两条线。

没赔钱？

赔了。很多。可能被我妈带走了，也可能被我爸藏起来了。反正我没见过。

从土路走上柏油路，他们不约而同跺脚，把鞋面上沾的土跺掉。这时他发现谷小粒在蹙眉，小小年纪，却像管教一样有很深的眉间纹，他朝前跳了几步，又说，你还没有告诉我，你是不是想买那个房？

不是。

那你为啥找我？

我也不知道。

你不用上班吗？不用挣钱吗？如果我像你一样大，就可以去挣钱了，我会挣很多很多钱，我要给我爸买一个轮椅，带他去看哥哥。我爸说我们没有别的亲人，就剩他了，他在远处打工，爸最怕等不到哥哥回来，我也怕他等不到。有时我放学回家，他一动不动，我就用树枝戳他，有几次戳一下他就醒了，有几回戳了好几下他还不醒。你害怕死人吗？

远远落在身后，他看着谷小粒停下来，回头看他说道，你不跟我一起走吗？

他摇头。逃开了……

纠结了几天，还是没勇气。"爸"如十年前那一夜。刀尖捅进大腿，好似不是主动进入，是被肉吸引、召唤，被生吞进去。血涌出来，越来越冷，变成冰，将记忆封冻。他不愿想"爸"，狱友问起来，他轻描淡写地说，死了。

小城闭塞，也肤浅。对谷小米的过去、现在和未来，主观、客观与记忆，参与度不够，要等事件发生，我们才变身诸葛亮，子丑寅卯，甲乙丙丁，条理清晰，头头是道，搬出大量数据佐证：天气、事件、意义、高度、深度、广度。

所以，我们是在看不见的地方看见。

被巨大的空虚和无聊驱使，谷小米又去了村里，坐在老槐树下，看着那院。谷小粒在洗衣裳，捣鼓出太多泡泡，他捧起，朝天扬，直起身子跳，撑着泡泡吹。他看见他，走过来，问道，你为什么跟踪我？你又不绑架我，又不拐卖我，又不买房子。

我无聊。

无聊是因为闲。要是有很多事干，你就不会无聊了，只会累。

你累吗？

很累。但很快就好了，我哥就要回来了，他一回来，就会替我干所有的事，我就可以像其他同学一样，只是上学。

你哥没那么好！他回来也不会替你干活，他不会来见你们，不会替你们挣钱，不会替你们收拾烂摊子，他会眼睁睁看你们死……

谷小粒推了他一把,大吼道,你胡说!不许你这么说我哥!

我没有胡说,你哥就是个混蛋,他除了看着你们死,啥也不会干!就是你们死了,他也不会替你们收尸,他只会眼睁睁看着,啥也不做!

他没提防。谷小粒提了一根棍子过来,砸中脊背,又撵了他跑。谷小粒大声喊着,你是个坏人,你在说什么?我从六岁开始,就做饭、洗衣服、拾柴、烧火,从那时起我就开始等我哥。棍子太细,从中间折断,谷小粒提着一截呜呜大哭:你到底在说什么啊?我哥是我唯一的希望,是唯一的——希望。

谷小米嘶吼着,你还有希望,可我没有,什么也没有!什么也——没有!

一块黑云游过来,罩住大半个太阳,谷小米一步步靠近,跟谷小粒站齐,像和十年前的自己站齐。当时他光头,眼里射毒火,看谁都是仇敌,跟谁都不和气。他跟人挑衅,或被人挑衅,打得过便打,打不过,就用刀在身上刻下记号,他告诉自己,总有一天。总有一天。管教告诉他,这事最不明智,最不值得。他摸着密布的划痕,似乎淡了,浅了,轻忽了,结节消融,血液如春的律动,催发生命。他看着谷小粒后牙槽咬死,肌肉颤动,眼里有火射出来,被刺到了,心疼,说,别瞪我了,我逗你呢。你哥会管你的。

那天下午,程警官带着谷小米走进小城有名的桑拿店,老板娘三三刚一应承,就看见一些银灰色碎屑从谷小米身上脱落，发出噼噼啪啪脆响，它们迅速连接，组合成形，如灰鸟振翅，从窗户斜飞出去，只有轻微的被震动的气流轻轻拂扫。

无有以名

作为小城的悲剧之一，我在五年前被鉴定。

那天早晨，我在声势浩大的梦里冲锋：无数兵将从四方涌来，将我团围，要夺我家园，抢我妻儿，占我田地。我把我妈护在身后，却有更多只胳膊前来抢拽。我髯须直立，怒发冲冠，披挂银白铠甲，手执镀金熟铜双锏，左击右打，前后冲突。我妈被一个高大男人抢在怀里。我越加激愤，求胜之心战胜一切，因而极其认真，极其艰辛，极其刻骨铭心，因而咬牙切齿，怒目圆睁，义愤填膺。

当然，如果有摄像机跟拍，它只会拍到一个场景：闹铃一直响，我却全然罔顾，赤身裸体手舞足蹈。因神情酷似精神病人狂舞，我被鉴定为垃圾，扔进由颜色各异的塑料袋包装却难免遗漏出汤汁碎物因而味道杂陈的垃圾桶。我在里面翻一个身，又翻一个身，非常惬意。

最后我被一个身高不足七厘米、体重不够二十五千克的家伙实实在在拍了一锅铲：主人快醒醒，你要迟到了。

我比平时晚起了八分钟。

在中国，每分钟有三十三个婴儿出生，有二十对新人结成夫妻，有二十六人走上新的工作岗位，有三万五千二百一十七名乘客坐着中国铁路出行。对于我们个体，每分钟可以看一篇五六百字的文章，可以打一百五十个字，可以跑四百米，可以做二十多个仰卧起坐。可你竟然晚起了八分钟。

我被要求，张开嘴巴，伸出舌头，夹紧腋窝，放松四肢，先后被我妈测试血压、脉搏、呼吸、腋下温度、心跳频率，查验精神状态、面色、皮肤、指甲、舌象，她煞有介事点头，或摇头，对其中不太准确的症状，翻《健康人生》对照，接着更有把握点头，或摇头。她脸上潮着不易察觉的红，升腾的细汗充满欢欣，将手探过来触摸我时，来自另一个世界的异味长久萦绕，我用手扑打、扇动，它执拗盘踞，不肯让位。这味道在她手，在她身，在她发丝，在她毛孔，在她呼吸，她长长久久经受这股味道浸染，也必将经年累月受其役使。

晚醒的原因有三：1. 神经衰弱导致的脑缺血缺氧；2. 脑供血不足；3. 心脏原因。需要做脑部CT、经颅多普勒、脑电图、心电图予以确诊，出于人体的奇妙构造，最好来一次全身体检。

我瞧着她医学博士般分析推理，觉得好笑。她一定忘了自己只是下岗工人，八分钟之前的最高职责仍是洗衣做饭。于是我不置可否，继续翻看《仓央嘉措》：没有了有/有了没有/没有了有了没有/有了没有了有……他的诗句无一例外使我仓皇，因为看不懂而质疑自己的智商，后来我醒悟不是他而是所有文字我都不懂，不懂才更要看，都懂了，还需要看吗？况且，读书对我来说，最大的好处原不是用来懂，而是用来装酷——假设有个人胆敢在我面前流露半点优越，我就念几句搞不懂的句子把他（她）吓跑。

才八分钟。我说。

在此之前，我有过晚起十小时的记录，因为完美连接昼夜，重新开始计算时间，将过失纳入历史博大的河流。再说，晚起几小时几分钟对我来说算什么过失呢？我又不是市长，全市离了我一分钟都不行，我也不是村长，全村离了我一分钟都不行，我甚至不是我们家家长。我的主要职责就是睡觉，一个以睡觉为主要职责的人，多睡几小时又有什么过错？

我妈严重谴责我的轻慢，我是你妈妈，我是为你好。为什么晚起八分钟，肯定是身体异常。你知道人体内隐藏多少病毒？它不在这时候显现就在那时候显现，它不显现是时机未到，一旦有机会，它就会冒出来，打你个措手不及。别说你现在已经有了症状，就是没有症状，你也要防患于未然未雨绸缪防微杜渐，你必须做一次全身体检。你要充分认识到拥有一个健康体魄的重要性，要积极参与主动配合，要旗帜鲜明跟我站在统一战线。我是你妈妈呀，我会害你吗？

她挤出几滴眼泪，以示庄重和必要。我听见那股味道对我的强力驱使，于是我把《仓央嘉措》放下，跟她出门。

我家孩子病了。

我抬头挺胸，气势如虹，昂首阔步，气冲霄汉，精神抖擞，气壮山河，以此抗拒。

你瞧呀，他浑身害着病。

我像头被驱赶的猪，将害了瘟疫的气味从腐败脏器散发出来，让别人捂了嘴鼻。我从她侧面退后，又觉得正被她押着奔赴刑场——脖子上插牌子，白底黑字：死囚。

他总不听话，现在把身体弄垮了。

我没病，没有！除了气焰嚣张，我在"证明没病"这事上一无所知。医生也没有。他上帝一样端详我，白大褂散发出先用蓝天洗衣液清洁后用金纺柔顺剂浸泡的清香，口腔里冒出先用高露洁刷牙五分钟后用地道明前龙井漱口一分钟的芬芳，他捏住我手腕试验腕力，紧一紧松一松，掰开眼睛将两只眼珠子凑上来。他把腋窝暴露在我鼻子底下，先闻到乳酸菌的味道，接着闻到那股于我而言太过熟悉的味道。我终于找到了缘起。于是我想到，就是这个人，就是这个味道，它改变了我妈，正在改变我。这样想着，他从上帝变成屠夫，一刀一刀切割我，皮毛分离，骨肉分离，筋血分离。

他有病，肯定有病。

全世界都变成帮凶，介入、抽出、包裹、环抱，我被奇形怪状的仪器以奇形怪状的方式召唤和命令，为此不得不连续五天在早晨六点半被叫醒，乘坐小城最早一班公交车经过被白色市政环卫车高唱着歌喷雾除尘的市民广场、秧歌广场、休闲广场、文化广场，经过香水味摩丝味洗发精味汗湿味隔夜韭菜宿酒酸馊的多重混合和赤橙黄绿青蓝紫及其合色混色复色变色的丰富展现，经过不安仓皇惊恐迷醉沉沦哀伤疑惑愤怒低落慌张，经过"我爱你""等我三年""我们还是分手吧"和"老年卡""学生卡""市民卡"的不断重复，经过二十四个站点，经过一小时零十八分——

抵达医院。

如果把等待、寒暄、喝水、上厕所等与体检无关的时间都剔除掉，我将被摄像机如此记录：从一扇门进、出，从另一扇门进、出；坐在一个医生面前，坐在另一个医生面前；躺在一台仪器下面，躺在另一台仪器下面；抽了一管血，又抽了一管血；经过一次化验，又经过一次化验；取了一张单子，又取了一张单子。如果稍微加点特效，给它抽帧、跳帧、慢速，再来点滤镜，就会有王家卫电影的味道，能让人紧张到不敢眨眼睛，呼吸不畅，惶念无穷。

在此之前，我认为人没病就算正常。现在才知道，人有五脏心肝脾肺肾，五情喜怒悲恐思，五官舌目口鼻耳，五味酸甜苦辣咸，五行筋脉毛骨肉，五液汗泪涎涕唾，都有指标，落在框框内才算正常，朝左朝右一点点都不行。

有关我身体复杂多样的数据，被医生一点一点统一出来。有证可查的是，这些数据全落在框框之内，也就是说，从医学角度分析，我这个"人"很正常。这无可厚非，但你要知道，我妈从决定把我送来体检就变了身份，不再是家庭妇女，堪比医学家哲学家文学家政治家社会学家，所以——

全部正常就是最大的不正常。

我被扯到另一家医院，又一家医院，先后跑了五家医院，都被拒绝了。他很正常。我妈不信，她带着那股味道、那堆数据和疑虑，百转千回，终于找到了。据说这里由福建人新建，医术高明，门庭若市，到处悬挂广告标语：

一人体检，全家免费；预存一万元，全身体检送给你；满五百送五十，满一千送两百，满两千送五百，多满多送上不封顶。

有两人在门前商议，女人说，再花五十八块，多送五十块钱代金券。男人吼道，药能随便买随便吃吗？他拗不过，女人扭腰走去药房。

我也拗不过我妈。

我妈以高昂的激情再一次宣誓，他有病，肯定有病。医院出于谨慎，组织全体医师会诊，他们列队走进来，双臂下垂身板挺直，出完左脚出右脚，将脑袋呈四十五度向我侧目。立定——稍息，站住。此时以我为圆心，他们呈半圆形将我围拢，理论上我与他们之间距离同等，他们完全能够凭目力检测。但还是有几个近视的年老体弱的信心不足的凑过来，近距离查验，表现出认真负责积极主动尽职尽责，站在一边的院长便点头认可，激发其他人效仿。于是他们目无规矩打破秩序，无组织无纪律地散漫。

把小城三十五万人置于这种境地，百分之九十九点九九会像我无所适从。十九个主治医生揣着隐秘，带着十九种浩浩荡荡的人生，以十九种难以名状的心情，面对我。其中一个好奇我有没有头皮屑，拨开看了一眼，其他十八个跟过来看了一遍。我被要求：

站立四分钟。分别为：双腿直立一分钟，左腿单立一分钟，右腿单立一分钟，屈膝下蹲一分钟，十九个人，总共七十六分钟；

弹跳两分钟。其中脚尖跳一分钟（最少一百下），半蹲跳一分钟（最少八十下），十九个人，总跳三千四百二十下；

端坐三分钟。不许说话不许动，十九个人，总坐五十七分钟；

用力呼吸五分钟，以每分钟十二次的频率，呼——吸——呼——吸，十九个人，总共九十五分钟，总计一千一百四十次；

边仰卧起坐边吹气球三分钟。仰卧起坐每分钟不少于五十个，吹爆气球不少于五个，累计做仰卧起坐两千八百四十九个，吹爆气球二百八十三个；

……

鉴于形形色色的检查项目太过繁琐，我无法一一详述，值得一提的是，在检查过程中，我因体力不支未能完成任务，脚底发麻而趔趄，虫子落在眼睫毛而眨眼，都被一一记录。

他们完全可以直接判我死刑（既然我妈认定我有病——现在她心安理得坐在贵宾席享受上等招待，尽力让自己看起来像上流人，把过于昂贵的医疗费付给院方时她心里想着冬季即将来临而她没钱交供暖费，但只嘀咕了一下就忘了。她提醒自己端起茶杯不要颤抖，喝之前先去嗅，小口品茗而非一口吞下。但端起来后，她受味道役使，忘记端庄。隔了老远，我听见她咕嘟一声状若渴牛），可他们都是半截身子埋进土里即将盖棺定论的人，惮于自己的名声，不敢让一时任性毁了一世英名，更害怕世人口舌和历史评价。他们指望其他人先出声：啊，第六根肋骨上有暗疮。啊，眼皮耷拉的方式过于张狂。啊，啊，啊。当然，他们等不到。

十九个人集体噤声，而我放肆大笑，没病吧，我都说了没病。相比于沉默麻木，这赤裸裸的叫嚣严重挑衅权威，他们中的一个率先表示不满，也不是完全没有。另外十八个争相效仿，可能性还是有的。要说有，当然会有。就像突然得到授权，他们不再羞赧将"无罪"定论为"有罪"，开始争辩到底该从哪里入手。他们的难点在于——

一、不能篡改我的体检指标；

二、不能罔顾我在体检过程中的优秀表现；

三、不能无视人体的自然结构和医学的发展规律而自创症状和病名；

四、不能毫无理由立论。

绞尽脑汁搜索枯肠殚精竭虑冥思苦想，为着思路不间断，他们不敢停止对我的检视。在五天五夜不眠不休之后，有人因疲累而吐血，有人因太久不闭眼而目光如炬，有人因憋尿而膀胱破裂，有人精神错乱大小便失禁。院长见此情形，不得不思索如何收场，但同时需要退款的意味令他百般不爽，于是定下车轮战术，把十九个人分为三班，轮流上阵。

在这个冗长的过程中，我妈因为受到味道役使不得不将我遗弃，但毫无疑问，她会一日三餐过问结局，为"你就是有病"找出理论依据。于是我不再清醒抗争，在吟完"我用世间所有的路/倒退/从哪儿来回到哪儿去 正如/月亮回到湖心/野鹤奔向闲云"后，让自己睡去。

对这一阶段描述较清楚的是实习护士小玉。她的诚实璞玉般难得，还没学会使用丰乳霜、加厚海绵胸罩和V领大开衣衫来增加胸围尺度，使用内增高、外增高和断骨增高术来提升身长比例，使用深度阴影、浅度阴影及各色化妆品来遮掩脸部缺陷，也不会使用各种各样的权术、计谋、策略、手段，她用赤裸裸的眼睛观望世界，观望我。当她惊觉我是她打开现实社会的第一扇窗户，她在日记本上第一次记录了我，从此以三五天一次的频率更新，直至十七天后被医院发现。

"可怜的"是她送给我的称谓，我在日记本里存在了五次。倘若没有那个告密者，我可以存在更长时间。仅这一点，我无法原谅白诗沂。当然，这是后话。

小玉是这么写的——

二〇一九年十月十九日　星期六　多云

无法想象"可怜的"多么无助，身体各项指标都正常，却被妈妈推定有病。她和他们一起，在"可怜的"身上附加他们的假设，然后想方设法歪曲事实来支持这个假设。"可怜的"一定知道抗拒无力，让感官和感觉一起沉睡了。但我总觉得他非常清醒，他全身每个细胞都在抗拒。我给他扎针时，皮肤像铁铠甲阻挡，一根针头打弯，两根针头打弯，三根针头打弯，我拿着第四根针头扎向他时，听到他喊，让开。那些士兵才手拉手朝左朝右闪开一条缝隙，让我把针头扎进去。

这是我第十次给他抽血，"可怜的"胳膊上密密麻麻全是针眼，他一定很疼。可有什么办法呢？他妈妈授权给医院，一定要找出病来。院长说，实在不行就想个办法嘛。

二〇一九年十月二十二日　星期二　阴

"可怜的"睡了四天四夜，关于他的病名及对应症状的分析一直没有停止。

早上张大夫看似无意，说香港有一种药叫 Gamma - Hydroxy Butyrate，加水便成G水，无色无味，只要注射一两克，就能导致高血压、神志昏迷、呼吸异常。李大夫也说，凡是含有CN^-离子、HCN、$(CN)_2$的都是剧毒，一旦进入体内就会产生细胞原浆毒素。

二〇一九年十月二十六日　星期六　晴

我打开了"可怜的"和世界的连接。

院长认为我既爱岗敬业又虚心好学，未来必定光明前途必定灿烂，就答应了。我是这么跟他说的，我想好好观察这个病人，对他做全面分析。院长先是小心试探，在得知我一不要求加工资，二不减少夜班次数后，痛快点头。

如果让别人给"可怜的"注射了苯巴比妥，我一生都会不安。

"可怜的"有一天悄悄央告我帮他找《仓央嘉措》，说他做梦都在看，看不到就觉得身上的毛发疯狂生长，荒草似的。他必须倚仗文字的犁耙，才能让文明的芽尖露出来，才能让活着的欲望茁壮起来。那本书本来一直压在他枕头下，后来被院长看到了，院长说一个病人不以自己的身体为重，还看什么书呢？真是本末倒置，天大笑话。他一边说，一边将它抽走。

我给"可怜的"找到《仓央嘉措》，很快，那些优美忧伤的句子就把我俘虏了。我想，写出这些诗句和喜欢这些诗句的人，怎么会是病人呢？

二〇一九年十月三十日　星期三　晴

"可怜的"妈妈来到医院，坐在"可怜的"床前说，我知道你不满意不理解不接受，又抵触又抗拒。可你想过没有，我是你妈妈呀，我怎么会害你呢？有病就应该早发现早治疗，有隐患就应该早排查早清除。

"可怜的"一动不动，让他妈妈以为他在睡觉。其实他一早就醒来了，我们看了《你好，疯子》，对电影里某些情节予以不留情面的抨击，认为剧情过于玄虚。当然，我们的谈论截止到凌晨七时半（值班医生查房的时间点），"可怜的"刚闭上眼睛，张大夫就拖着明显睡眠不足的身子移过来。如果他能近距离观察而非只是远远望那么一眼，他就会发现"可怜的"唇角还泛着对这个世界的嘲讽。

"可怜的"说，世界疯了，人才会疯。

我正咂摸他这句话，"可怜的"妈妈就来了。她说，既然他的症状只是睡觉，那他可以在家里睡，何必浪费医疗费呢。

院长把早就准备好的CT单和检查报告一起递过去，告诉她，脑部有异物，必须开颅检查。

我就说嘛。"可怜的"妈妈说。她给院长交付了一笔治疗费用后，心安理得离开了。

二〇一九年十一月二日　星期六　晴

院长下了死命令，开颅！必须开颅！

他的意思非常明确，不管"可怜的"有病没病，先把颅脑打开再说。打开了，里面有什么，没有什么，割掉什么，保留什么，就全是医生说了算。他这么说的时候，将目光久久落在张大夫身上，其他人就心知肚明让开了。

张大夫反复研究"可怜的"脑部CT单,视频连线海外十二个权威同时会诊,他把方案告知对方时,详述了手术的成功率及可能出现的后遗症,对生命的敬畏虔诚溢于言表,同时虚心请教对方有没有更好的方案。在得知这是全世界最先进的诊疗方法后,他放心地收回肢体。

院长助理会把全程拍摄的会诊记录刻录成光盘,一则为了存档,二则送给"可怜的"妈妈,以示医院对"可怜的"重视。

如果接着写下去,小玉会写到"可怜的"在"长睡"十八天后,得到某个好心女孩提示,及时清醒,她会继续观察、记录。可她被白诗沂告密了。后者因为院长开会时说"大家都要向小玉学习"而恼怒,这句话和天气真好(或不好)、大家好(或不好)一样,同样无聊扯淡,但白诗沂跟小玉一起进入医院实习,小玉得到院长关注而她没有,她感到被轻视了,下决心找出把柄。

她找到了。

日记本销毁那天,我被五花大绑送往手术室。出于心虚,白诗沂用医用纱布塞住我嘴巴。这样不管从哪个角度看,我都像被她绑架。我看到那股味道在她四周悬浮,她走到哪里,它就跟到哪里,放肆大笑,毫不掩饰达成目标的喜悦。

医生及当时正在就诊的病人为后来发生的事情臆想了无数种版本,比如——

这人癞蛤蟆想吃天鹅肉,一直追人家,小护士不同意,他下了狠心;

护士光顾看手机,输错液体,他一定受了药物刺激;

他本来就是个疯子,只不过一直在伪装;

……

权威给出回应:涉案精神病人某某某二十岁,因罹患精神疾病在该院就医,在诊疗过程中突然发作,挣脱绳子,扑向护士白诗沂,一把掐住其脖子,将其拖行五十余米,致其颅脑损伤。该嫌犯涉嫌故意伤害被警方刑事拘留,后经鉴定被评定为无刑事责任能力人,已被采取强制医疗措施。

我妈来医院看我,泪眼婆娑,我就说你有病,送得太迟了,太迟了。她把两只手从铁栅栏中伸进来,想够着我的脸,被我狠狠甩开了。你满意了吧?我说。

我自己也很满意,住进精神病院总好过被锯开脑袋。

二〇二四年三月,这事过去五年后,我将药片匿于舌底,展开舌尖朝外展示。监控无知,看一面信一面,不去评估更多看不见。舌津消融药片,口腔里泛开味,我努力咳,喉管清出沫,一起吐进下水道。流程熟稔,五年没变,厕所物件心知肚明,被同一种味笼罩,同时抵抗,同时接受,同时呈现一片空茫茫。

和我一起关在这里的,很多人已过世。魔鬼给他们投喂药片,注射药剂,以健康之名撑圆嘴巴,控制四肢,为达目的不遗余力。他们受命看护病人，不知道自己更像精神病，铁栅门锁紧，消毒水牢笼，处方字迹混乱，每一行都是符咒。他们天天念，入脑入心，很容易产生反应。有人宁愿多走三公里，到下一公交站坐车，想让自己更早和这幢白色楼房撇开关系。有人回到小城无法适应，被喧嚣和骚动扰心，每天都在深切怀念病区幽静。还有人沟通障碍，和他人产生距离，自觉患病，对应症状病名，偷食管制类药品。

病房日历牌上，过一天我划一条横杠（划够三十道我妈就会来。把我送到精神病院后，她如得胜将军，天天念叨，是啊，我家孩子他有病。像咒语，她虔诚低头，把灰白头发递出去，同时递出去一股味道。有人根据这股味道认定她是我的病因，更多人蒙昧，只有同情。高墙电网如壁垒森严，她拖着衰老的肉身穿越，身上总罩着一张好奇结成的巨网，窥探欲致人痴狂，每个遇到她的人都会问，里面的人都有病吗？）有个吃饱撑的问我原因，我随口说这是信仰。他信了，打开录音笔，一本正经问，你的信仰是什么？我没理他，他又问，你的圣地是哪里？这人获批入院走访调查，想获知精神病患的真实世界，这和吃屎的逻辑一模一样。

定论：屎不能吃。

质疑：Why？

1. 望月砂是兔子屎，夜明砂是蝙蝠屎，白丁香是麻雀屎，五灵脂是鼯鼠屎，猫屎咖啡是猫屎，都能吃。

2. 从味觉上看人绝对可以吃屎，如臭豆腐，人吃屎只需要过心理关。

3. 国际著名医学期刊《JAMA》：大便药丸成功治疗肠道感染。

4. 一九五八年美国医生把经过处理的健康人的粪便液灌到患者肠道内，成功挽救感染垂死的患者。

5. 李时珍《本草纲目》有载：【释名】人粪、大便。【气味】苦、寒、无毒。【主治】时行大热狂走，解诸毒，捣末，沸汤沃服之。

质疑产生行动力。

从来没吃过屎的人说屎不能吃是偏见。

打破偏见、推翻定论需要在先前理论没有的地方取得成功，并出具与先理论不同的、新的、可验证的数据。

行动：吃各种各样的屎，吃同一物种不同时期的屎，并详细记录时间、型号、数量、大小、形状、颜色、味道、密度等各类数据。

鉴于同一客观行为会根据立场、认知、情感、动机等产生不同观点，也会推动事情朝着不同方向发展：

确实不能吃。

确实不能吃，但应该想办法让它能吃。

确实不能吃，但是我已经吃过了，你们也得吃。

吃是正常。

吃是正常，你们不吃，你们不正常。

可以吃，也可以不吃，吃与不吃是个体选择，他人无权干预。

……

孙辉没等到结论,把他捆进来的人说,车子撞得稀巴烂,他如肥猪被人摁紧,还在喊,有没有,有没有,到底有没有。

这么一来,我们就平等了。

他端着药盘,像进行古老的献祭仪式,拈起来一颗药片,看三秒,张嘴,放进去,吞咽。因为流程过于漫长,看护耐力不及,背转身体,朝手机输送哈欠和鼻涕。屏幕对面什么都没有,空茫茫一片,一片空茫茫。

白大褂走后,我进一步强化道,这东西就是悖论本身,"有"才需要吃,吃就证明"有"。这个"有"是他人强加的,我说你有病,你就有病。你不是这里有病,就是那里有病,如果现有规范不能把你划为有病,我就改变规则让你有病,那你说你到底有没有病。

孙辉就栽在这里:驶出永宁市,就进入临州县,我可以闭眼开进小城,二十公里,二十分钟,如果打开导航避开测速点,用时会更少。我喜欢在两地穿梭,距离产生美,疏远后的亲密更能落下痕迹。是少年在外求学的经历让我明白,身远才知家乡美,也让我稳了在永宁的心。我跟她说过,这是上天注定,五十公里,不远不近,是合适的度,像抛物线,起点落回起点,也像一杆秤,一边是父母,一边是你们,我得不停走动,才能让情感平衡。她表示认同。过去十年,我就这样从市到县,总是一过边界,就觉得天格外蓝,树格外绿,白云有如镶着金边,我以为这是客观的地理环境变化。

直到那天，她拒绝回去，'你不能把你的感受强加给我'，她说，抱怨小城脏、乱、差，河槽臭到发绿，还有老妇人在里面洗。我眼里的蓝天白云绿树，她眼里没有。她眼里的脏乱差，一条臭水河，我眼里没有。那到底有没有？

这是起源。

《仓央嘉措》：没有了有/有了没有/没有了有了没有/有了没有了有……

一次精神出逃加剧他的疑虑：

我不知道在哪里。

不知道怎么发生的。

一根钢管横在路中，足有一尺粗。

等我下车，对面一辆车四个车门同时打开，走出五个没有脸只有两只眼睛的人。你是哪儿人？从哪儿来？要到哪儿去？五双眼睛如五支枪筒朝向我。

我说我要回小城。

你不能从这里通过，你打永宁来，不能进入临州。

可我是临州人，就住县城。河渠街水多，房子高，回家得登六个台阶。青石板铺面，下不下雨都滑脚。

我相信你的话，可现在形势严峻，永宁的立场观点与我们格格不入，混乱、无序，借自由之名随意处置认知、偏见、生命、时间，你不能将这些未经许可的东西带入临州，它会像病毒感染我们的理性和秩序。你要知道，这是一项重大工程，我们必须严防死守，才能杜绝每一个变坏的可能。

求你让我过去吧，我有不得已的理由，必须回去。

我理解你，可是你也要理解我们。纷争来势汹汹，我们得防着它，你也知道你身上遍布偏见，是不是？明知道不能逾越，还非要这样干，你知道你的行为有多么不正义吗？

我回到车上才看到标语，红底黑字，每个都有纯净水桶子那么大：禁止外来偏见入内。五人分别站在两字中间，一字排开，手抄后，警惕地站着。

我想我只能回永宁了。

四十分钟后，我在永宁入境口看到同样的标语，标语下面，也站着五个人，我怀疑有人把场景从临州搬到永宁，五个人中，一个全身白的人站在中间，另外四个人全身黑，分站在两边，他们中的一个跨前一步，说道，你是谁？从哪儿来？要到哪儿去？目光如枪管，抵住我额头。

我说我要回家。

不，你不能进去。你不能带着临州的偏见进入永宁，这会成为冷却源，影响我们的生活。我们经不起任何一度降温了，我们通过情感的互相依托，才勉强度过上一个严冬。

我说两小时前我刚离开这里，就从这里，从你们眼皮子底下离开的，不信请看看视频监控。

监控能证明车离开过这里，却不能证明车上坐的就是你。一个人不能轻易改变观点,任何借口都不能成为借口,请你离开这里。

你让我去哪儿呢?不瞒你说,我刚从临州过来,他们认为我携带了永宁的观点,莫非你也认为我携带着临州的观点?我向你保证,我并没有进入临州,我有充足的理由进去,但他们不让我通过。

这很正常,他们不让你通过,我们也不能让你通过。你对此应该有清醒的认知,你在没有任何一种观点的情况下,很难找到适合自己的场域。你知道,人需要拥有一种观点,没有观点的人,不配做人。现在请你马上离开,我再说一遍,你不能从这里进入,别说你,谁也不能从这里进入。

你看,到目前为止,已经出现吊诡的苗头了。客观现实中存在临州和永宁,存在两个路口,但那些人是没有的,也就是说,在"有"的场景里发生了"没有"的事,"有"和"没有"相遇,怎么区隔呢?接下来的事情,就更加不可辨识了。

从临州掉头以后,我又回到路上。这五十公里之间,现实中真有一个村庄,一个小卖部,一个湖,三个简易厕所。先是我想解手,就站在路边,敞敞亮亮露出来。阳光从林间照下,一泡尿在光里流泻,击中一蓬枯草,闪烁了一下,很快被土吸收了。浮起的轻灰落下去。我挺了挺肚子,"尿了地球"的雄浑想象让我舒坦。接着我来到清水湖。以前我就常来这里钓鱼,用那根六米四的钓竿征服过很多鲤鱼、鲶鱼，还有"三把刀"，它浑身金黄，胡须非常长。我甩下钓竿，用香喷喷的"坐虫"把那些大家伙钓出来。

车拐进湖堤，我跳下来，清晰地感觉到泥土松软，这意味着土地解冻，冰面消融。湖面还结着薄薄一层冰，但我只是轻轻踩了几下，就破开一条缝，湖水涌出来，迅速朝四方渗透，水窟窿越来越大。我从工具箱翻出扳手，朝一棵树劈去。那根枯死的枝条帮我打开了方圆三米的水域，我把石块朝更远处扔，冰面被砸出一个个黑洞，湖水如泉涌出来，但我没有办法把它们连在一起，只好扔下去一根三米长的钓竿。

我来到临州卡口。你不能进去，请你自重，难道你想让一城人为你的冲动受到伤害吗？我听见鞋底在地上踩响，一个比较苍老的声音说，年轻人，你回去吧，从哪儿来往哪儿去，你得理解我们，我们已经在这里守了几天了，没日没夜地守，为一座城的清白守，为一城人的尊严守，难道你不能理解一下我们吗？

可我是临州人呀，你看我的身份证。

重要的不是这个，而是偏见，它太厉害了，无所不在。你看不到吗，观点每天都在搏斗，越来越多的人怀疑我们坚守的东西，这太可怕了，人不能被他人的观点动摇，可是现在，受动摇的人越来越多了，数字像坐了直升机，你不害怕吗？如果你携带着它进入我们这座小城，小城里的三十五万人是防不住的。

可我没有携带任何观点,你相信我,我只想回家!

那些被另一种观点侵蚀的人,也不知道自己已经被侵蚀了。这就是观点的狡猾之处,你知道有很多人单只听了一句话就彻底改变吗?听我的,回去吧,不要想着从这里进去,也不要想着从别的地方进去。这个时候了,待在家里才是你最应该做的事情。

有摄录设备就好了,能记录下这一切。因为没证据,他们认定我说谎,这个公式的逻辑是:没有=没有。人抓不住时间,时间就不存在;人抓不住空气,空气就不存在;人抓不住精神,精神就不存在。如果精神不存在,谁来定义"精神病"。如果精神存在,存在即合理,他们凭什么认定"精神病"。

孙辉忘了这是我的原话。

第一次见面,我们相距三尺远,我看见那股味道像人形笼在他周身,护体、外壳、覆盖全身、一层黑纱。他警惕,不停摆动躯体。一墙之隔,白色墙面上留有他的皮屑组织。他冒犯了他人观点,或者说,他试图以偏见纠正偏见。他被反锁双臂按在上面,一只手死死扼住咽喉,幸亏看护及时发现。

他知道我的事,来前做过功课,笔记本上密密麻麻。为显庄重,他出示《知情同意书》。我妈戴老花镜,一字一句念,因理解障碍,请他再三解读,在重要条款画横杠,写问号,翻阅《中华人民共和国精神卫生法》《中华人民共和国民法典》予以查验。她把脑袋埋进纸页签"同意",横平竖直,却失轻盈，显得笨拙。最终我妈像递交国书一样双手端正，献呈出去。孙辉说，你妈有监护权。我引他进入疑虑：谁赋予她"有"，谁规范她"有"，谁决定她"有"。

种子一旦埋入，会自由生发：

我在视频监控画面里只待了十分钟，意识却过了几天几夜。也就是说，我意识里的时间大于客观时间。我承认这里有个漏洞，昨天讲述时我没有意识到。意识里的时间不连续，它跳跃着，像电影画面。

我来到临州关口。一排人手背后，精神抖擞面向阳光，金辉在他们身上匀匀洒着，制服上铜扣子像黄金一样亮。我的胸腔猛地受到钝创，没有勇气上前，接受更明显的阻挡。

我来到永宁关口。他们都戴着面具，一见我下车就用长长竹竿驱赶，离远点，请你离远点。

他们说你走吧，没人告诉你吗，不允许任何东西进城了。对待偏见必须严防死守，谁也说不准它会在什么时候变，不是吗？以前我们总是放任任何观点做客，它有什么了不起呢，我们每个人都知道怎么评判它，不是吗？但现在不是以前了，我们必须防住那些乱七八糟的观点，它会把我们带入深渊的。

我朝前迈了一步，有三个人同时过来拦堵，不是我们不让你进，实在是形势严峻，我们不敢肯定你必然带着偏见，你也不敢肯定你必然没有带。我们理解你，也请你理解我们。你不能进去，真的不能进去。这不是你和我之间的事情，不是我们和你之间的事情，是观点与观点之间的大事情。天气这么冷，偏见不知道在哪个角落藏着，它如果是个人，一定会被大家逮起来，关进地牢，永远也不放出来。问题是人们都不知道它在哪儿，我们要拿它怎么办呢？

你听我讲述是不是也觉得特别真实。我和他们说，有没有可能两种真实并存，一个真实是路边监控拍下的我的肉身，我没有离开车子，一直在车里。另一个真实是我的精神，因为受到阻碍，在五十公里的路上流窜。平行宇宙，四维空间，是不是？他们不认可，哲学术语、物理学概念、天文学术语，在他们那里统统失效。他们也不回答。他们只认一种规范：你和我们不一样，你有病。

我用他们的逻辑：请提交证据。

白茫茫一片干净，有什么办法用"有"证明"没有"？

没有！

必须有！

他们制定规则，在"没有"里放进去一些"有"，然后用这一点来测定你"有"还是"没有"。

后来的事，我知道了。雨点密集，天地迷雾，能见度不足三米，孙辉打开车灯，松开手刹，踩动油门，箭一样朝前驶去。卡口空无一人，他加速朝钢管撞击，它纹丝不动，他倒退，加速，再撞击，不停撞击。

除了我，没人相信他，更没人知道内情。

  病人有暴力倾向、禁忌性条件、特殊要求时，不能携带私人物品进入。

  药片碾成粉，投入咖啡、奶茶、红茶，形与形交融，味与味相融，轻轻一晃。

  所有的因都会变成果，治疗精神病的药片也会制造精神病。

  录音笔吱啦乱响，小玉在里面哭，请不要逼我，求求你，不要逼我。孙辉说请你想一想，好好回忆一下。小玉说不行，不能，"可怜的"是我心里的结，碰一下都会疼。

  人不该这么无理，这么绝情。

孙辉被规定，每天吃药三次，每次七种，圆、椭圆、球状、糖衣、胶囊、颗粒，红、白、褐，奥氮平、喹硫平、利培酮。白大褂监视认真，孙辉全力执行，不挣扎，不迷茫，不需引领：我有病，我有病，我就是有病！

我坚持每天写字，用不同横杠，长短粗细横平竖直。创设这一文字表现形式后，我才有勇气回忆过往：张大夫将CT片举在灯下，你们看，你们看，你们看。从业五十年，他从未见过两张完全一样的CT片，人脑精密远非他能洞悉，受制于名医包袱，他才一次又一次隐藏起惊叹和无奈。白诗沂是他此生最后一个标本,她一直在说话,求求你放过我,我错了,我没有害你的心,也没有害小玉的心。这种事,"有"就是"没有","没有"就是"有",她狡辩一次,就会狡辩一百次,换句话说,她狡辩一次和狡辩一百次,本质相同。她一直聒噪,让人心烦,还好,没一会她就不喊了,脑袋拉在地板上嚓嚓啦啦,像一脚踩进满山遍野的落叶,既有沉沦的快感,又有抽身的喜悦。

我此生再没见过小玉,据说她每次提起我都会失声痛哭,是我害了他,我应该给他注射苯巴比妥,这样他就不会犯罪。这孩子就这样,该学会的还是学不会,总想把有与无,是与非,罪与非罪分得那么清,她不清楚这两者的界限非常模糊。正因如此,才会有那么多人使用权术,使不合理的合理,使不合法的合法,使不合情的合情,这世界上的计谋,像孙悟空七十二变。

小城扩建,精神病院建到更远。整体搬迁那天,我坐防护车,隔着铁栏杆看外面。《郡县释名》有载,小城夏属冀州,周隶赵地,西汉置临水县,元世祖至元三年设临州。小城四山合围,如凤鸟振翅,头在北,尾在南,绵延西东,耸峙徘徊。山路蜿蜒,起伏不平,突然一个大转弯,风云突变。我会心一笑,眯起眼,看灰鸟消失在尽头。